# 夢をかなえること、それは私との約束

ラクトンの香り

柴田浩幸
SHIBATA Hiroyuki

My promise is to
make my dreams
come true.

文芸社

もくじ

# 桃のミルフィーユ

「いつも、あなたを思っています。あなたは私の人生だから」

妻・恭子からの手紙に身体が震えた。

藤原が辞意を伝えたのは、昨日の夜のことである。

恭子は静かに頷いてくれた。

ただ、藤原の決断は、これからのふたりの暮らしを思うと、とても大きな不安を抱かせるものだった。

それでも藤原は、会社に残ることができなかった。

自分にもけじめをつけなければ、退社を受け入れた仲間たちに申し訳が立たない。

告解の気持ちは、自らの態度で示すほかなかった。

もちろん、そのことは、管理者としての強い「精神力」に欠けていると、解釈もできた。

藤原は心の中で、何度もごめんと、恭子に手を合わせた。

しかしその一方で、とても気分は清々しかった。

それは恭子の手紙がお守りになっていたからである。

自分らしく生きよと、励ましてくれていた。


バスの窓から見上げた空の色が、なんとも気持ち良かった。

どこまでも青い空が広がっている。

藤原は大きく深呼吸をすると、恭子に語り掛けた。

「ありがとう」

藤原の言葉を乗せた飛行機雲が、真っすぐに伸びていく。

その空に向かい、恭子も言葉を返した。

「お疲れ様でした」

やさしい声が、上空へと舞い上がる。

青いキャンパスの真ん中には、白く真っすぐに伸びる雲が見えている。

「なんてきれい」

しばらくの間、見惚(みほ)れてしまった。

そして、その空に向かい、

「大丈夫ですよね」と、声を掛けた。

恭子のその言葉には、藤原を心配する気持ちが込められている。

実は気になることがある。

いつも大事な時に何かを起こしてしまう。

それが藤原の物語なのである。

これまでもそうだった。

今朝からも、その予感がしている。

それは天命に導かれるものなのか、そんな運命を背負っているのか、そのどちらなのかはわからない。

ただ、きょうだけは違って欲しい。

人生節目の日である。何事も起こらないで欲しい。

恭子はそう念じていた。


会社前の停留所に、キュルキュルと大きなブレーキの音を立てて、市内循環のバスが停まった。

降車する乗客の中に藤原がいた。

いつもとは違う空気が藤原を迎えている。

通用口に着くころには、不思議な高揚感も覚えていた。

きょうは顔見知りの社員でさえ、疎遠に感じられる。

前を歩く後輩たちに追いつくことができないのは、足が地に着いていないからだろう。

社屋に入ると、今度は小刻みに手先が震え、唇も乾いてきた。

退社の意思は、これから明らかにするつもりである。

そのせいだろうか、まわりの目が気になり、身体を押さえつけられたかのように、背中も丸まっていた。

自分の席までが、これほど遠くに感じられたことは、一度もなかった。

着座すると、誰かに呼ばれた気がして、視線を斜め上へと向けていた。

目に入ってきたのは、大きな文字の壁掛時計である。

毎日同じ場所から、きょうまでの藤原を見守ってくれていた。

いつもにも増して、愛しさを感じる。

「長い間、ありがとう」と、感謝の言葉を出していた。

時刻は八時二十分を指している。

役員会までは、しばらくの余裕があった。

肩を回して、鼻から軽く息を吐いてみる。
その時急に、先輩たちの顔が浮かんできたのである。
藤原は半ば無意識に、机の引き出しに手を入れると、そのまま、がちゃがちゃと、
両手を動かし始めた。
探したのは先輩たちの写真である。
その写真はすぐに見つけることができた。
手に取ると、色褪せた箇所もあり、ところどころ、破れてもいた。
強面な顔が、射貫くような目で、こちらを睨んでいる。
だが、その目元の皺からは、変わらないやさしさが覗いており、久方ぶりに「お
会い」できたことで、徐々に全身の力が抜けて、朝からの緊張も和らぐのであっ
た。
藤原はその写真をじっと見つめた。
思い返してみると、よく怒られたものである。
先輩たちは本当に怖かった。それでも、毎日が充実していた。
爽やかな朝の挨拶には、いつも元気付けられていた。
当時の世の中には、奥行きが感じられ、人の心にも深みがあったように思う。

いまでは、問題となる言葉も浴びせられたが、そこには、暖かな思いやりも付着していた。

親身に助けて頂いたことも数えきれない。

きょうあるのは、先輩たちのお陰だと思っている。

お陰を紡ぐことはできたのであろうか。

退社を決めた身で、それを語る資格もないが、とても気に掛かっていることである。

深く目を瞑り、しばらくの間、感謝の気持ちに身を置いていた。


やがて、乾いた呼び出し音が鳴った。

一瞬、息が止まった。そして、目を瞬かせた。

藤原はすっと立ち上がり、恭子の手紙を左ポケット、先輩たちの写真を右のポケットに忍ばせて、会議室へと向かった。

長い廊下の先までも、コツコツと足音が響き渡る。歩き進むに連れて、段々と眦(まなじり)も上がっていった。

一旦、扉の前で立ち止まり、威儀を正して、ノブに手を掛け、

「総務部長、入ります」と、大きな声を発し、一礼の後、会議室へと入室した。

役員たちの視線がこちらに注がれる。

いつもならその圧力に気後れもするのだが、きょうは、それを感じない。

端的に言えば、彼等の圧力とは人事権である。

最早、それが及ばないからか、こちらからも、その表情、仕草がよく見えていた。

進行役の役員に手招きされ、決められた場所に着席した。

はじめに人事担当の役員から、「人員削減は予定通りです」と、計画完了の報告が行われ、合併担当の役員が、その後に続いた。

藤原も促されるまま、補足説明を行った。

抑揚のない口調を意識して、最後にはこう結んだ。半ば懇願でもあった。

「現場の涙は、これで終わりにしてください」

心に掛ける幾つかの事例も紹介した。それでも藤原の叫びが届かなかったのか、役員たちは他人事を聞いているかのように、笑いまでも浮かべていた。

どうして、そんな顔でいられるのか。

藤原はとても憤りを覚えた。

早期退職に応じる社員が少なく、もし、予定の人数に届いていなかったら、彼らはどんな態度を示したのだろう。

藤原には責任を取れと、声を荒らげていたはずである。そんな場面が頭を掠めた。

俄かに、会議室の様子が変化している。

雑談が始まり、入室時には張り詰めていた空気も緩んでいた。

その直後に、気になる動作を見つけた。

副社長が向けている指の先が、廊下の方角、つまり室外を指しているのだ。

「お前の役割は済んだ」と、退室を求められているようであった。

それに反応した本部長も同じような動作を真似ている。

だが、藤原には都合があった。

大事なことを伝えなければならない。

後ほど時間が欲しいと、本部長に訴えるような目線を飛ばした。

すると、それに気が付いた本部長は、面倒臭そうに、要件はそこで言ってくれと、横柄な態度を見せたのである。

聞こえてくるまわりの会話からは、苦渋の決断をした者たちへの、憐憫（れんびん）の情などは感じられず、「目標の達成」などと、慮りのない言葉が飛び交っていた。

身体の芯が熱くなった。怒りもこみ上げてきた。

「本当にここで宜しいのですか」と、強く念を押した。

お世話になった専務のことが気になったが、最早、高まる気持ちを止められなかった。

目を合わすことなく、横を向いたままの本部長が頷いた。

仕方がなかった。

藤原は、「本日もう一人、早期退職の応募者がおります」と、低い声で本部長を睨みつけた。

今更誰なのかと、他の役員の声がする。

もう我慢できなかった。

思いやりに欠けた言い方に、堪忍袋の緒が切れていた。

かっと目を開いた藤原は、正面へと向き直り、短く、鋭く、答えたのである。

「それは私であります」

いつの間にか、仁王立ちになっていた。

口を開けたままの役員たち。

落胆した専務の顔には、申し訳なさを感じた。

「事件」は瞬時に、社内の隅々へと伝わったという。

「伝説の人」となった藤原は、多くを語ることなく会社を去っていった。

◆

桃畑に囲まれたカフェテラス。

向かい合うのは恭子と水上である。

「大事無くて安心しました」

安堵した顔で、水上は恭子に語り掛けた。

あれから月日は流れ、時代も令和へと移っていた。

水上は六十五歳となり、朝霧製薬での再雇用を終え、恭子も実社会に例えるなら、定年前の五十八歳になっていた。

七十歳を超え、年金生活者となって久しい藤原も、気力、体力に衰えはなかったが、先日の町内バレーボール大会で肋骨を痛め、入院中の身となっていた。

水上は恭子からの知らせを受けると、取り立ての予定がないことも手伝って、急ぎ金沢まで足を運び、藤原を見舞いに来ていたのである。

水上は現役時代から随分と藤原の世話になっていた。

藤原は水上の恩人であり、水上はその恩人との対面を心待ちにしていた。

ところが、病院の面会時間には制限もあり、心を残したままの水上は、藤原との再会を約束すると、恭子の誘いに応じて、昔語りの時間を過ごすために、藤原と恭子の思い出の店に立ち寄っていたところなのである。

テラスの真ん中、きらりと光る大きめのグラスを傾けて、濃厚な桃のジュースを味わう水上。

楕円形のテーブルには、恭子の大好物である、桃のミルフィーユが、ふたつ並べられていた。

桃畑に囲まれたこの場所では、時の流れもゆっくりと感じられ、訪れる者は誰しも、とても長閑な気分に浸ることができるのであった。

ところが恭子の目が、ちらりと水上から視線を外した時、その残影に微かだが、水上の疲れを感じたのである。

岐阜からの移動は、その所要時間以上に大変だったようだ。

恭子はそんな水上に気を遣い、感謝と労わりの言葉を掛けながら、小脇に抱えたショルダーバッグから、一枚の手紙を取り出した。

そして、少し恥ずかしそうな顔を見せて、その手紙を水上の前に、そっと置いたのである。

それは、救急車で運ばれる途中に、藤原の持ち物から偶然に見つけられた手紙、役員室での「事件」の朝、恭子から藤原に渡されていた恋文であった。

「長い間、気になっていました」

後から、あの手紙はどこにやったのかと、聞くことができませんでした……。

頰を赤らめて恭子が語った。

どこかには保管されているだろうと、期待はしていたという。

まさか、肌身離さず、お守りになっていたとは、思いもよらなかったそうだ。

水上は小さく頭を垂れ、

「藤原さんにも、そんな一面があるのですね」

と、その手紙を拝むようにして、ゆっくりと手に取った。

恭子に依れば、それは咄嗟の行動だったという。

「出かける前の走り書きです」

「え、走り書きですか?」

目を丸くする水上に、恭子は照れ笑いして頷いた。

案外、大切な思い出が作られる時とは、こういった瞬間なのかもしれない。

水上はその「お守り」に目を走らせると、しばらくは一点を見つめ、それからゆっくりと顔を上げ、それとは逆に目尻を下げながら、羨ましそうな表情を恭子に向けたのである。

にこりとして、水上が口にしたのは、

「この手紙をもらえば、男子の本懐です」

と、恭子が考えてもいなかった言葉であった。

恭子は「え……」と小声を出し、それでも語意は伝わったようだが、その目は、詳しい説明を求めていた。

水上は屈託のない笑顔を見せると、この手紙を受け取ったら、

「誰だって宝物にします」と、軽く胸を叩き、藤原の心を代弁した。

そして、「男冥利に尽きますから」と、最上級の誉め言葉を贈り、天上に広がる青い空を見上げると、瞳には涙を潤ませ、当時を懐かしむ顔となり、「本当に暑い夏でしたよ」と、呟いたのである。

すると、水上に同期したのか、よかったら、そのころの話を聞かせてください、そう言って、恭子も青空を見上げた。

そよ風が桃の甘い香りを運んできた。

水上は小さく頷くと、あの夏の出来事を語り始めた。

◆

それは、バブル景気が弾けたころの話である。

金融危機が叫ばれ、企業間の取引形態にも大きな変化が起きていた。

信用の上に成り立っている中間業者、例えば医薬品卸などは、債権の回収を迫る製薬会社に対抗するため、会社経営の舵を、規模拡大の方向へと切り始めていた。

それは聞こえの良い話であるが、合併と人員の削減が、その実態でもあった。

そのころの藤原は、金沢に本社を置く医薬品卸業・北星薬品の総務部長だった。

営業部副部長からの昇進で、会社を総合的に俯瞰（ふかん）する役職に就いており、順調ならこの次は、役員の椅子が待っていた。

しかし時代は、藤原にも甘い顔を見せることはなかった。

北星薬品も時流には抗うことができず、合併へとその針路を決断していたのである。

当然のことながら、合併が発表され、早期退職が公募された直後には、社内にも相当な緊張感が走っていた。

それでもしばらくは、目立った変化が起きなかったためか、多くの者は以前と変わらない日々を送り、昼休みには、笑い声も聞こえるなど、ゆとりさえ生まれ始めていたのである。

ところが、戻り梅雨を迎えるころ、

「あの人辞めるらしい」

「最近、あの方の顔を見ないよね」

と、人の噂が絶えなくなっていた。

次第に社内の雰囲気が変わり始めたのである。


その北星薬品に出入りする水上だが、東京に本社がある朝霧製薬の営業本部に所属して、北星薬品の担当窓口を業務としていた。

着任して三年が過ぎようとしていたところで、色々と粗相もあったのだが、赴任当初から、藤原にはとても可愛がられていた。

世の大人たちが、名実ともに「大人だった」この時代は、現在のように利口で便利な若者より、隙があり、要領の悪い人間が好まれていた。

もちろん、水上は後者だった。

ある日の昼食時間のことである。

珈琲を飲み干した藤原が、「苦しい」と一言、水上に暗い顔を見せて、珍しく愚痴を零し始めた。

藤原が辛かったのは、早期退職の公募とは名ばかりで、その実態は指名解雇であり、自分の役目が「肩たたき」に近かったからである。

何故その任を藤原が託されていたのか、組織論的にはそれを不自然に思う者もいたが、しかし、誰もが納得感さえ持っていた。

帰結する理由は、藤原の「人柄」である。

藤原には人として最大の魅力が備わっていた。

逃げない。裏切らないところである。

解雇する側からは期待され、説得される側には信頼を寄せられていた。

まるで左右両側から、それぞれの手を引っ張られるように、とても難しい立場にあった。

「藤原さんは利用されている」

そんな噂話も少なくなかった。

もちろん、藤原自身も思うところはあった。それでも覚悟を秘め、黙って該当社員の許へと出向いて行ったのである。

藤原からの説明を受け、実情を聞かされた社員たちは、一様に会社批判の声を上げた。

合併こそが会社都合ではないのか。

会社の存続も大事だが、どうして自分が辞めなければいけないのか。

「お話は承りました」

納得しました、とは誰も言わなかった。

社長が入社式で語った、

「社員は家族です」

あの言葉はなんだったのかと、口角泡を飛ばし、語気を強められると、自分は平身低頭、黙り込むほかないのだと、頭を抱えてしまった。

「大変ですね」と、言葉が続かない水上。

「身体にだけは気を付けてください」

そこまで言うのが限界だった。

それから数日もすると、社員の会話の中に退職者の実名が聞かれるようになった。
削減計画も当初は営業部門を中心としていた。ところが追加の事案が発表され、
対象は全部門へと広げられていた。
秋の合併までには、かなりの人数が会社を去ることになる。
会社の雰囲気は益々暗くなる。
会社と社員の板挟みとなり、藤原の心労は益々積み重なっていった。
特にこの年の夏は猛暑日が続き、自慢の体力も相当に削られていたようである。
何かの折に顔を合わせても、「夏痩せですか」と、水上は、冗談でも言えなかった。
バスの中からだが、陽炎の中に藤原を見たことがある。
金沢の町、まわりの風景からは浮いて、生気なく項垂(うなだ)れて歩く藤原がいた。
藤原だけが白く見えていた。
気苦労に暑さが重なり、辛い表情を見せ、とても悲しそうでもあった。
そして、夏も盛りとなるころ、水上ら取引関係者に連絡が入った。
合併後の新しい会社概要が決まったというのである。

時を同じくして、藤原からも呼び出しがあった。

その日はアスファルトから蝉の声が湧き上がり、背中の汗も蒸発する、とても暑い日だった。

エアコンも効かない部屋の中、ノックの音がして、藤原が入ってきた。

「待たせてごめん」

椅子の取手を引き、「話しておくことがある」と、笑みのない瞳が水上を見た。

「どうされたのですか」

不安気な水上は、無意識に、重心を後ろへと引いていた。

「簡潔に話す」

逆に身を乗り出した藤原が、

「退社することになった」と、要件を切り出した。

その時、水上の耳からは蝉の声が消え、瞼の瞬きも止まってしまった。

「新会社に自分の名前はない」

在籍もあと僅かだと、藤原は目を伏せてしまった。

ただ驚いた。言葉を失った。

やっと絞り出した声で、

「それは、どういうことですか」と、理由を訊ねたのだが、藤原も「これ以上は許してくれ」と、後の言葉を濁し、水上に頭を下げた。

「早々に引き継ぎなどで忙しくなる。

時間も取れなくなる。

これからは面会も難しいだろう」と、寂しそうな声だった。

あれこれと詳しいことを聞くこともできない。

その後は、沈黙の時間だけが流れていった。

藤原が見せる無念の表情が痛々しい。

刻まれていく時に、焦りも感じていた。

やがて、予定された時刻が過ぎてしまった。

藤原は玄関前まで見送ってくれた。

丁寧な所作、やさしい言葉に、これで最後なのだと、水上も悟った。

金沢駅までの並木道、熱気を帯びた空気が揺らいでいる。

水上は、きょうの出来事が蜃気楼であって欲しいと思った。

身体から、夏の暑さが消えていた。

ただ幾筋かの冷たい汗だけを、首元に感じていたのだった。

そしてまた、数日が経過した。

新会社の記者会見、その前日のことである。

北星薬品の経理部長を務める中野が、水上に声を掛けてきた。

「お辞めになるのは悲しいです」

水上は感情を隠さず、思わず藤原の名前を口に出してしまった。

時期的に不適当な発言と指摘されても仕方がなかったが、藤原に免じてか、聞き逃してもらえただけでなく、中野からも、藤原の苦悩を聞くことができた。

北星薬品は歴史ある地元企業である。

会社は我が家、社員は家族の気風があった。

町内対抗のソフトボール大会などでは、敵も味方も、みんな仲間だった。

昔から家族ぐるみの付き合いも多かった。

そんな風景が、一変してしまう。

会社を辞めなければならない先輩がいた。

会社に残る同僚もいる。

次は自分かもしれないと、顔色を青くする後輩たちの姿があった。

それは水上ばかりでなく、傍から見ていても、辛い光景であった。

藤原はできるだけの心配りをした。

退職者の自宅まで出向き、その家族にも深く頭を下げた。

そんな藤原には、感謝の意を示す者もあれば、怨嗟(えんさ)の声を浴びせる者もいた。

藤原も耐えるほかなかった。

それだけではない。

退職金こそ支払われるが、十分でないことも少なくなかった。

すぐに働かなければならない者もいる。

藤原は、新しい勤務先、仕事の斡旋なども、業者任せにはしなかった。

希望する働き先が見つからない者のためには、伝手(つて)を頼み、時には床に額が着くほどの懇願も厭わなかった。

退職者の子供たちにも気を遣った。

「卒業証書」を作り、お父さんは会社を卒業されましたと、やさしい嘘で父親を誉め称えた。

不自然さは拭い切れなかったが、思い付く限りに、精一杯の力を尽くした。

そんな人柄に、世の中も黙ってはいない。

藤原のやさしさは人から人へと伝わり、藤原の許へと返っていった。

情けは人のためならず。まわりまわって、わが身のところへ。

古くから「恩送り」と呼ばれている教えである。

もちろん、その恩も誰かのためにと、役立てられた。

振り向けば早いもので、あれから三十年以上が経過している。

昭和の若者たちの顔立ちも令和の面構えへと変わっている。

そんな当時の話に、水上の涙が止まらない。

恭子のハンカチも、目頭にあてられたままだった。

それでも、閉じられた瞼に映るあの夏の物語は、涙で滲んではいなかった。

胸のつかえを解放するための、かすかな息遣いのほかは、静かな時間だけが流れていった。

それから、どれだけの時が経過したのだろうか。

近くで聞こえた小鳥たちの鳴き声に、まわりの空気が動き始めた。

すると、その声に背中を押されるように、今度は恭子が、「私からもお話しさせてください」と、当時のことを語り始めたのである。

藤原から退社を打ち明けられたのは、辞意表明の前夜だったという。

合併が発表された時から、その気配を感じていた。

恭子は黙って頷いた。

藤原には思うように生きて欲しかった。

ありのままの藤原でいて欲しかった。

会社に残り、心に棘を刺したまま、知らぬ顔で世間を歩ける人ではない。

交差点で仲間と擦れ違ったら、誰とでも肩をたたき合うことができる。

それが藤原らしい生き方だった。

「純な人です」と誉め、

「でも、損な役回りばかり」と、突き放す恭子。

その言い回しは両極端ではあるが、それでも、とてもしあわせそうな顔をして、だから大好きなのですと、惚気(のろけ)て見せた。

笑みを漏らす水上。和んだ空気に、恭子は話を続けた。

遠くを見る瞳には、再びあの日の出来事が蘇っていた。

その日の恭子は、朝から心配し通しだった。
会社での様子ばかりを気に掛けていた。
藤原は、予定が済んだら帰宅すると話して、出かけて行った。
いつもより早く帰るはずだった。
ところが、なかなか、戻らないのである。
不安も募り、家事にも手が付かなくなったころ、突然、電話が鳴った。
どきりとして受話器を取ると、親しくさせて頂いている役員の声がした。
恭子はその会話の中で、心配だけではなかった、きょうを知った。
やはり「事件」は起きていた。
だが、話を聞いた限り、よくぞ言ったと、拍手したい気分にもなった。
役員からは、藤原の連絡が欲しいと言付けを預かり、電話を切った。
「やっぱりね」
恭子は、ため息を吐いた。
無理に笑ってみたが、目尻は上がったままだった。

その時、玄関を開ける音が聞こえた。

静かに人の気配が近付いてくる。

藤原であることはすぐにわかった。

どうしたものかと迷った。

きっと、きょうの「事件」を引き摺っている。

元気なく俯いているに違いないと思った。

やがて、微かに聞こえていた足音が消えた。それに反応して、恭子もそのまま、動かなくなってしまった。

家全体が息をひそめたように、静かな空間になっていた。

時を刻む秒針の音だけが聞こえている。

すると突然、ドアが開き、藤原の笑顔が覗くと、

「はーい、桃のミルフィーユ」と、白い箱が頭の上まで、高く掲げられたのである。

「ミルフィーユ？」

要領を得ない恭子。それは、恭子の大好物だった。


水上が訊ねる。

「これがそうですか?」

水上の前に置かれているデザート。

さくさく感のあるパイ生地から、桃とカスタードクリームが覗いている。

恭子は水上の問いに、嬉しそうに頷いた。

そして話を続けた。

恭子が、敢えて会社での「事件」には触れずに、ミルフィーユの経緯を訊ねると、

藤原もまるで、遠足の道筋を語るかのように、きょうの出来事を話してくれた。

「事件」の後、会議室を出てからも何か、心に掛かることがあったのだという。

それは会社でのことではなく、きょう、これからのことだとはわかっていた。

そのまま会社前の停留所を過ぎ、バスには乗らず、駅へと歩き始めた。

そして、金沢駅から富山方面へと向かう電車に乗った。

やがて電車は走り出し、遥か遠くの立山連峰をぼんやりと眺めていると、線路に沿う国道を、恭子を助手席に乗せてドライブする、いつかの風景を見た気がした。

その時に、気になっていた絵姿がくっきりと浮かんだのである。

「そうだ、桃のミルフィーユ」

これまで応援してくれた恭子に、いまの気持ちを表したい。

今夜はミルフィーユを一緒に食べて、感謝の心を伝えたい、そう思ったという。

「それで、この店まで?」

水上も掌を合わせ、藤原のやさしさに共感すると、

「その気持ち、わかる気がします」と、微笑んだ。

この話は、いまも恭子の嬉しい自慢話となっている。

とても愛されていると感じたのだ。

その後、ふたりはどうしたのか。

恭子はミルフィーユの箱を、まるで宝物を扱うかのように、両手で冷蔵庫へと運ぶと、直ぐに踵を返し、藤原のところへと駆け戻ってきた。

そして、すっと、藤原のその大きな両手を握り、まるで子供のように小躍りを始めた。

それからは満面の笑顔で、頭ひとつ背丈の違う藤原を見上げると、更にその手を強く引き寄せ、「ありがとう、ありがとう」とジャンプを繰り返したのである。

恭子の黄色い声が家中を駆け巡る。

ジャンプには急いがつき、段々と高くなっていく。

ほどなくそのジャンプの高さは、藤原の顔あたりになる。すると恭子は、その勢いを借りて、床から足を浮かせ、藤原の大きな腕の中に飛び込んでしまったのである。

驚いた藤原だが、恭子が落ちないようにと、咄嗟にその身体を抱きかかえた。

それだけではない。恭子の喜びは尚も収まることなく、今度は、両手を藤原の首にからませると、その頬に唇をぐっと近づけて、何度も何度も、キスを重ねたのである。

そんな恭子に、藤原もうれし涙の笑顔で応え、ふたりはしあわせの時間に浸ったという。

ただ、すぐに困ったことにも気が付いた。

「ごめん。たくさん買い過ぎた」と、頭を掻く藤原。

箱を空けると、ミルフィーユの個数は、家族の人数を大きく超えていた。

くすっと笑い、「私は大丈夫」と、恭子が用意したその日の夕食は、桃のミルフィーユと紅茶になった。

しかし、大丈夫でもなかった。

子どもたちは大喜びだったが、

「お腹が凭れて大変でした」と、恭子の思い出し笑いも止まらなかった。

取り寄せておいた鯛の御頭は、冷蔵庫に眠り、次の日の献立になったという。


「素敵な話です」

天に在らば比翼の鳥、地に在らば連理の枝と、水上がふたりへの感想を漏らした。

恭子の笑顔は続く。

その後は、甘えん坊でもある藤原の素顔を、楽しそうに語ってくれた。


「それからは、膝枕で眠ってしまって」

「膝枕？」

水上は不思議そうな顔をした。

ミルフィーユの夕食後のことである。

いつもは週末の耳掃除のためらしいが、「きょうだけは」と、藤原がおねだりしたのである。

「仕方がありませんね」

そう言って恭子が我儘を許すと、やすらぎの場所はここなのだと、本当に嬉しそうな顔を見せたという。

藤原は恭子に甘えたかったのだ。

それからは横になったまま、うたた寝をしてしまった。

恭子も藤原の肩に手を添えて、一緒に目を瞑っていた。

ところがしばらくして、藤原は何かを思い出したかのように、急に目を開いた。

そのまま、むっくりと膝枕を離れ、じっと恭子の顔を見つめた。

そして「年金までは働きますから」

と、上擦った甲高い声を出したかと思うと、

「でも、働き先はこれから探します」と、その後はか細い声に変わったのである。

恭子には思い出される情景があった。

それは藤原からのプロポーズの場面である。

その場所は、能登半島の景勝地として有名な見附島（みつけじま）。

通称、軍艦島（ぐんかんじま）である。

波は穏やか。海鳥の声、天気も快晴。切り立った崖が、軍艦の帆先のように見えていた。

まわりには誰もいない。

藤原はそっと恭子の横に立ち、

「帰りが遅いと心配する人がいてくれる。それはとてもしあわせなことだと思います。僕の帰りを待ってもらえますか」

と、どこか似つかわしくない、告白をしたのである。

もちろん、恭子は嬉しかったけれど、少しがっかりもした。

何より、前時代の匂いがした。

だが当時は、これが普通でもあった。

男らしさのバイアスも、いまとはかけ離れたものだった。

男は働いて、家計を支えなければならない。

男は社会の競争に勝たなければならない。

男は家庭内での決定権を持つ。

それが、当たり前に思われていた。
藤原にもそんな背景があった。
例外ではないが、極端でもなかった。
当時の恭子は、中学校で国語を教えていた。
追いかけたい夢があった。
結婚には躊躇もあった。
そのころは、ふたつのしあわせを追いかける世相でもなかった。
それでも結婚を決め、学校を辞した。
一番の理由、それは何だったのか。
藤原のことが大好きだったからである。
しあわせになれる自信があった。
母親の言葉にも後押しされた。
「しあわせになりたければ、やさしい人と一緒にいること」
藤原の猛アタックも嬉しかったが、恭子自身も、大好きで仕方なかった。
初めての食事で驚いたことがある。
それは藤原の態度、人との接し方であった。

恭子にも、店員さんに対しても、大雑把なところもあるが、とても親切に接していた。

なんと分け隔てのない人なのだろう。

相手の職位や肩書次第で、瞬時に態度を変えてしまう大人たちと、人としての土台が全く違って見えていた。

これも古くからの教えである。

「相手を見て態度を変えるような人には、機会は巡ってこない。相手を篩に掛けているようで、本当は自分が選ばれている」

藤原には、そうした負の感情がなかった。

集団で群れている人たちに見られる、優越感とか劣等感といった、マイナスの心のことである。

一度でも、藤原と接したことがあるのなら、誰もが感じることである。

それからの藤原であるが、退社後は地元自治体の外郭団体にお世話になっていた。

そこでも、幾つかの「事件」は起こしてしまったが、持ち前の正直な気質と爽やかさから、誰からも慕われていたという。

そんな藤原が熱中したことがある。

それは加賀野菜の栽培である。いまではかなりの名人なのだと、恭子の鼻も高い。

照りつく太陽の下、大粒の汗を流して、週末の農作業に励んでいるのだと、その言葉にも力が入った。

時には畑の真ん中に筵(むしろ)を敷き、大の字になって横たわり、青空に浮かぶ入道雲に向かって、何やら語り掛けていることもあるという。

水上もそんな麦わら帽子の藤原を想像するだけで、思わず笑いが零(こぼ)れてくるのだった。


桃畑の中、緩やかに時が過ぎる。

恭子は軽く腰を上げ、小さく座り直した。

そして、「もう少し良いですか」と、上目遣いに訊ねた。

「はい」と笑顔を返す水上に、

「私、教育委員会で働くことになりました」

と、嬉しさに溢れた顔を見せた。

西日に照らされているせいか、眩しそうに目を細めて、その詳細を話してくれたのである。

ことの始まりは藤原の定年退職だったという。

「長い間、ご苦労様でした」

感謝を込め、労いの言葉を掛けた恭子は、藤原にこう問い掛けた。

「少し働いてもいいですか？」

全ての収入が年金だけとなる不安もあった。

その問いに、ふたりの間が気まずくなることも覚悟していた。

ところが、藤原は思わぬ行動を取った。

直立不動の姿勢となり、恭子に頭を垂れたのである。

「結婚後の生活は任せておけと言いながら、結局は十分な蓄えを残せなかった。それどころか、辛い思いばかりさせてしまった」

本当に申し訳ないと思っている。

「そこで聞いてもらいたい」と、更に姿勢を正し、藤原はこう言った。

「夢を諦めないで欲しい」

これまでは気儘にさせてもらった。

恭子にもかなえたいことがあったと思う。

いまからでも遅くないとは、随分と身勝手な話だが、これからは恭子を応援させて欲しい。

「家事は引き受けるから」と、顔を真っ赤にした。

恭子は感激もしたが、切り返しの言葉は現実的だった。

「家事って何をされるのですか？」

その問いに藤原の目が泳いだ。かなりの動揺が見て取れた。

たしかに家事の覚えはなかった。

「家事は家事で」と、その後の言葉が途切れてしまった。

目を合わせたままの藤原と恭子。

すると、恭子が笑い始め、そのうちに、ふたりして大笑いとなったのである。


そんなやり取りを経て、恭子は図書館のパート職員となった。

本の整理、館内の清掃の傍ら、子どもたちへの読み語りも始めた。

元々、恭子は本が好きであり、美しい言葉を操り、人々のやさしい所作に触れることに、喜びと楽しみを感じていた。

そんな日本と伝統の言葉を語り継ぎたい、それが教員だった理由である。

当然ながら図書館でも苦労はあった。
本の整理も慣れるまでが大変だった。
読み語りには、紙芝居で工夫もした。
いまの子どもたちには言葉だけを伝えても、想像できないことが多すぎた。
考える基礎としての語彙を持っていない。
理解のためには絵の力も必要とした。
例えば、足を踏まれた時、人はどうするのか。
昔の日本人は踏まれた人も謝った。
これを、「うかつあやまり」という。
雨の日に擦れ違う時、相手に雫が落ちないようにと、傘を外側に傾ける。
これは「傘かしげ」。
こんな他人を思いやる感性と行動、日本人の共生を物語にして、
「美徳とは譲り合う心である」
と、言葉だけでなく、絵を用いて、日本の情感を伝えたのである。
そんな恭子の読み語りは、いつのまにか、子どもたちばかりか、お母さんからも
評判が高まっていった。

子どもたちの目を輝かせること、それこそが、伝える者の使命であり醍醐味である。
恭子の遠い夢が、少しずつ手繰り始められていた。

ところが、大変なことにも気が付いた。
「お母さんが孤独なのです」
と、恭子は現代の世相を嘆いた。
水上にはよくわからない話であった。
公園デビューの苦労話などは、ニュースなどでも、耳にしたことはある。
だが、孤独と言われても首を傾げた。
恭子は続ける。
「子育ては学校で教えてくれません」
言われてみると、授業の中に子育てはない。
水上の時代は社会がその役割を果たしていた。
どの家も多くの親戚に囲まれていた。
まわりには赤ちゃんの泣き声があり、兄弟の数もかなりのものだった。

子どもたちにも社会があった。

子育てを体感する環境が、普通に備わっていたのである。

ところが次の世代からは、様相が一変していく。

三世代が住む家は珍しく、核家族が当たり前になった。

少子化が社会問題となった昨今はどうか。

母親の両親も近くにはいない。

誰が子育てを教えることができるのか。

そこで恭子が思い付いたのが、お母さんたちとの対話であった。

読み語りの時間が終わると、お母さんとの時間を設けた。

お母さんの悩み、苦労話を聞くことにした。

読み語りの題材は、親子の会話を意識した。

恭子は読み語りを通じて、子どもたちとお母さんに、日本の心を育んでいったのである。

それは、恭子の夢をかなえることであった。

読み語りは更に発展する。

噂を聞いた教育長の後押しで、教育委員会のプロジェクトに取り上げられることになった。恭子には年度単位の契約ではあるが、委員会の職員として、正式に採用させて欲しいと、強い申し出があった。

その話を聞いた藤原は、「本当によかった」と、手を叩き、次には万歳を繰り返し、そして大粒の涙を流して喜んでくれた。

その後は恭子を抱き上げて、あの日とは逆に、何度も何度も、頬にキスをした。

もちろんその日は、あの日と同じ、桃のミルフィーユと紅茶の夕食になった。

「いつも桃の香りと一緒です」

恭子は水上の目を見て、嬉しそうに、誇らしげに語った。


人生最大の作品は自分自身なのだという。

水上は恭子の話を聞きながら、不器用で純粋に生きる藤原の人生も、恭子あっての作品なのではないだろうかと、感じていた。

もちろん、藤原は自立して自分自身を演じているのだが、恭子なくして、藤原らしい人生はなかったように思う。

恭子は、自分らしく生きて欲しいと、藤原を応援した。

素敵な藤原でいて欲しいと願い続けた。

素の自分には敵わないから素敵なのだという。

断定できることがある。

ふたりはいまも成長を続けている。

生きている意味とは、その場その時に、感じられるものではない。

小さな日々を積み重ねて、思いやりと感謝の中に育てられるものである。

自分らしく生きることを応援する。

ふたりはそれを実現している。

自分らしく生きることが、自分自身の成長となるのである。

藤原は、きょうも多くの仲間に囲まれている。

時々に、どれだけの人がまわりにいてくれるのか、それも人生の尺度である。

恭子も美しい日本を、次世代へと伝えている。

誰かのためになることの中に、自分が好きなこと、自分の能力を生かせる道があることは、とてもしあわせなことである。

水上は、そんなふたりの物語に心を打たれていた。

気が付けば、夕暮れが迫っている。

水上は別れ際、恭子に意地悪く訊ねてみた。

「いまも膝枕は続いているのですか？」

「はい、毎週日曜日の夜に」

と、恭子は、かっかと笑った。

そして、笑い涙が止まったところで、きっぱりと言い放った。

「これからも、いつまでも」

その顔はしあわせに満ちていた。

岐阜へと向かう特急電車の中、水上に思い出される言葉があった。

「愛し合う夫婦にとって、若さを失うことは不幸ではない。

共に老いることの楽しさが、年老いることの辛さを忘れさせてくれる」


この世の中で最も美しいもの、それは、腕を組んで歩く老夫婦である。

「ふたりにはそんな未来が待っている」

水上はそう呟いた。ここで未来と言ったのには理由がある。

まだまだふたりには、年齢を感じないからである。

車窓から眺める白山、長い敦賀トンネル、そして、米原での座席回転。針路が東へと変わった時、水上が気に掛かったのは、東京支店の智子のことであった。

# 白桃

「ご退職にショックを受けています」

智子は視線を逸らした。

百合は智子を凝視したまま、

「昇進されると思っていました」

と、抑えた声で言葉を続けた。

「は？」

何を言っているのかととぼけてはみたが、触れられたくないことでもあった。

百合は社内の噂話を聞かせてくれた。

早期退職が公募されると、誰と誰が会社を去って行くのだろうかと、仲間内でも予想を立てたらしい。

組合からも新しい時代への一過程だと前向きに捉え、平静を保つようにと、何度かの説明があったという。

それを聞いた智子は、怒りがこみ上げてきた。

心が大きく揺れ、冷静さを失った。

仕舞われていた感情が呼び起こされ、

「前向きとは何よ」と、百合の話に頭から風呂敷を掛けた。

定年世代の犠牲に対して、「前向き」とは、どういう意味なのだと、強い口調になっていた。

今回の募集は、中高年の社員に対する人件費抑制、再雇用者の数を削減するための事前対策であることは、誰の目にも明らかだった。

百合の顔が蒼白になった。

悪気はなかったが、失言であることに違いはなかった。

半ば涙声になって、智子は話を続けた。

定年を迎えれば、大多数が雇用延長、再雇用を選択する。

人生百年の計を考えれば、長く働きたいと思うのは当然のことである。

だが、定年を迎える世代や、再雇用となる社員の存在は、会社の負担にもなる。

在籍経費や社会保障、組織の構成などを考えれば、退職金の金額を増やしてでも、退社の道を選んでもらうことの方が、会社にはありがたいのである。

早期退職の募集には、そんな意図も隠されている。

それに公募とは言え、退職勧告に近いケースもあり、本人がそれを承諾するのか、しないのか、在社の継続を希望する場合には、不本意な境遇を強いられることもあるのだと、机も叩きそうな剣幕になった。

その迫力に目を丸くする百合だったが、

「何故、お辞めになるのですか」

他の人とは違うのではないですかと、前言を収めなかった。

たしかに、智子は支店長になるものだと、多くの社員が思っていた。

それは百合の願いでもあった。

「そうなの？　そんな話知らないわ」

と、智子も嘯(うそぶ)いてはみたが、そうかもしれないと、考えた時もあった。

だが、任命される担保などなく、迷いに似た望みは断ち切ろうと考えていた。

智子は百合の目を、かっと見返した。

だから何の用があるのかと突き放した。

「それは……」

一瞬怯んだ百合であったが、まるで土俵の徳俵(とくだわら)で身体を入れ替えるように、

「副支店長は、わたしの憧れだったからです」

と、するりと、その立ち位置を逆にした。

百合も毎日の仕事の中で、面白くないことや納得できないことの多さに、圧し潰されそうになることがある。

期限の厳守ばかりを強いられる社内会議のための資料作成と、日々の活動報告、一方的な連絡だけが常態化する組織の運営には、強い疑問を感じている。

自律意識が消えてしまいそうで、逆に反発心が生まれ、時には失望感にも覆われて、こんなことをして何になるのかと、考え込んでしまうことも少なくない。

それでもそんな時は、智子の背中が支えとなっていた。

いつも場当たり的に、責任回避ばかりを考える男性管理者がほとんどの中で、百合たちの声を代弁して、毎日の仕事を捌いてくれたのは智子ひとりだった。

その毅然とした姿に惹かれていた。目標にもしていた。

いつか智子のようになりたい、そのための学習がいまだと思えば、嫌な感情も抑えることができたのだと、憧れの意味を語った。

百合の話を聞き、僅かに表情を緩めた智子だったが、

「私はそんな立派な人間じゃないわ」

と、百合の思いに反して、横を向いてしまった。

百合の言葉に、内心は嬉しかったが、照れ臭さの方が先に立った。

百合は重ねて聞く。

「他に選択肢はなかったのですか?」

言われるまでもなく、幾度も置かれた状況は考えてみた。

思い当たることもあった。

これからの智子の処遇について、本部での意見が分かれていると、小耳に挟んだことがある。

まわりの空気から、もしかしたらと、昇進の期待を抱いたこともある。

だが、月例の「全国支店長・副支店長会議」が終わった後など、本音を隠さない時間に見る、役員や本社幹部の冷たい態度からは、そうした気配など、少しも感じられなかった。

帰宅する電車の中では、やはり、そんなこともないだろうと思い直していた。

恐らく、幹部の中には、智子を抜擢してくれる人などいなかった。

智子自身も、そうした意思を態度として示すことなく、社内での営業努力を避けてきた。

昔、目の当たりにした光景が、とても嫌だったからである。

今更ながらの強がりに聞こえるが、仕事の評価とは努力と結果が優先するものだと、信じていたかった。

もちろん結果だけではない。現場での過程も大事にした。

若手の社員に同行して、何度も得意先に頭を下げ、直接受注も行った。

だが、そこまでが限界だったのかもしれない。

どうしても超えられないものがあった。

わかってはいたつもりであるが、曇ったガラスの天井を破るためには、異質の活動が必要だったようである。

だが仮に、そんな能力があったとしたら、そしてもし、支店長に昇進していたのなら、それでも百合は自分に憧れてくれたのだろうか。


智子は突然、目を閉じてしまった。

瞼には、朝霧製薬の先輩である水上の顔が浮かんでいた。

現地現場と原理原則、そして臨機応変が口癖で、昔から、相談に乗ってもらっていた。

メールで辞意を伝えた時にも、すぐに返事を返してくれた。

これまでの年月を労い、

「豊かな人生には学習と挑戦が必要だ」

と、これからの生き方を鼓舞してくれていた。

挑戦の原点となる人生の羅針盤について、よく考えてみてはどうかとの、追記もあった。

智子は目を瞑ったまま、水上からもらった多くの言葉を反芻（はんすう）していた。

百合もその間、辛抱強く智子を見つめていた。

それは、肩の強張りを感じるほどの長い時間だった。

やがては痛みを覚え、僅かに首を振り、背筋を伸ばした時のことである。智子は身体をぴくりと動かせ、目を開けると、百合に向かって、にこりと笑った。

そして、やさしい面持ちとなり、「ありがとう」と、自分への評価に感謝を述べ、百合を包み込むようにして、

「あなたの到達点はどこにあるの？」と訊ねたのである。

「到達点？」

百合はその言葉に戸惑った。

不意を突かれた目をした。それはある意味、核心に迫る質問だった。

智子は続ける。まるで、百合をどこかに誘うような口調でもあった。

「私たちの人生、これから先のことはわからない。

わからないけれど、働くこと、お金、思いやりなどをやり取りして、互いを認め合いながら生きることが、社会の一面だと思うの。

私たちは働く場として、この会社にいる。

私たちは仕事に身を置くことが常なのです。

生涯の大半の時間を使う仕事が、本当に満足するものかどうかで、そこで実力を蓄えたと言えるかどうかで、その人の生き方も変わってしまいます。

だけど、これからの世の中、会社だけに埋没してもいけません。

なりたい自分への目標や手段でなければ、生きる目的を見失うことにもなります」

人生をそう考えて欲しい。

「未来を見通すことは難しく、不透明で不確かな時代は続くけれど、不安の反対は安心ではありません。行動することです。

覚えておいてください。

世の中には面白くないこともあるでしょうが、社会への窓口として仕事と接している以上、常に仕事は人によって行われて、人とのつながりの中で進んでいきます。
仕事や日常を学びのテキストとしてください。
社会で生きること、職場や仕事の役割、どんなことにも期限がある。
その長さの違いも心に留めてください。
道の途中には競争があり、評価、評判もある。
それも人としての成長には大切なことです。
新人だったころ、こんな話を聞きました。
『どうせ草履取りになったのなら、一番の草履取りになりなさい』
一番の草履取りになれば、誰も草履取りなどにはしておきません。
大切なのは正面から向かい合うことです。
でも何よりも素晴らしいことは、人との触れ合いだと思います。
時には摩擦や躓きもあるけれど、人生の奥義は人とぶつかることなのです」
百合の目から涙が零れていた。
上気した智子は続ける。
「一秒の集積が一日であり、一日の積み重ねが一年、十年となり、いつのまにか山頂に立っていた、それが人生だと思うの。
休んでいる時間はそれほど多くないのです。
あなたはどんな山に登ってみたいのですか？」
智子の澄んだ目が百合を見つめる。
百合の潤んだ瞳には、智子が映っている。
「私は退職します。
新しいスタートを切ります。
かなえたかった夢に向かいます。
夢を実現させていく、満ち足りた気分に浸りたいと思います。
少し怖い先輩が教えてくれました。
しあわせを感じるコツです。
それは、やさしい心を持つことです。
やさしさとはどこから生まれるのでしょうか。
挑戦を続ける満足感からです。
挑戦を続ける人を称えることができる、ゆたかな心が大切なのです。
そして何よりも、前向きな気持ちを忘れないでいてください。

私には残り時間が少ないかもしれません。それでもその時間を懸命に駆け抜けたいと思います」

と、智子は微笑んでから、軽く片目を瞑ってみせた。

◆

話は一ヶ月前となる。

応接室には、人事担当者が待っていた。

今回の面談は部長・支店長職以上を除く、原則五十歳以上の社員が対象のため、五十四歳となる智子も例外ではなかった。

そこでは会社の現状と今後の方針、個人個人の事情に合わせた将来設計など、現時点での退職金と、早期退職に応じた場合の割増し額が示されることになっている。

キャリア支援が目的の面談とされているが、ベテラン社員への肩たたきであることは、誰もが承知していた。

智子には役職が副支店長との理由で、人事部長も同席することになっている。

それにはどんな意味があるのかわからない。

まだまだ力を貸して欲しいと、会社からの情緒が示されることはないだろう。

人事部長が同期入社なのも気に掛かる。

長く働いている間には、もうこれ以上無理かもしれないと、何度か思い悩むこともあった。

それでも、働き続ける自分は見えていた。

今日の早期退職が募集された時、智子の中で、何かが崩れたことはたしかだった。

こんな日を迎えるとは考えたこともなかった。

ただ、面談の順番を待つこの瞬間でも、会社には他の方法があったのではないかと、心の片隅では思っている。

いつの時代でも、会社の発展には、変革が必要とされる。

組織改編、人員整理は業界の流れでもある。

早期退職の募集も一般的になり、社会からは認知される時代となっている。

一昔前なら、人減らしと酷評を受け、会社経営の失敗などと指摘されていたことだが、それがいまでは、将来への布石となり、経営者の手腕が問われる政策になっている。

それは誰もが理解している。

世の中の変化は承知しているつもりである。

智子の心も決まっている。

得意先での親しい人、御世話になった方々、社内の同僚たちなど、未練はあるが、早期退職に応募することにしている。

そろそろ、頃合いにも思えるのだ。

ここまでだろうという現実感に押され、もしかしたらと、ほのかな希望もなくはなかった。

人生の分水嶺に立つ自分がいることだけは自覚できている。

どの道、この先のことがわからないなら、楽観的にこれからの会社人生を考えるのも、ひとつの選択肢ではあろう。

難しく考えず、流れに身を任せた方が楽なこともある。

案外、悪いようにはならないかもしれない。

だが、そうはしたくない自分がいるのだ。

私の人生である。

このままでは、生きている「ときめき」を感じないままに、時間だけが過ぎ去ってしまう。

それは、とても怖いことなのである。

〈いまの私は、私が夢見た私なのだろうか?〉

遠い過去からの声が聞こえてくる。

呼吸が乱れ、少し胸が苦しくなってきた。


それからしばらくは、軽く胸に手を当てていた。

すると小刻みな電子音が聞こえてきた。

面談の順番を告げる卓上電話の音だった。

智子は胸から手を離すと、小脇に手帳を抱え、ゆっくりと立ち上がり、背筋をまっすぐに伸ばして、静かに机を離れていった。

まわりの人たちは智子の向かう先を知っている。

好奇の目を向けている中堅社員がいる。

ちらちらと横目で追いかける若手社員もいる。

少し目障りにも思えて、弱々しく振る舞うものかと、片意地も湧いてきた。

毅然として、涼やかな身のこなしを意識した。

フロアーには、ヒールの靴音が、高く長く響く。
やがてその音は小さくなり、智子は応接室へと消えていった。
最初に驚いたのは面接官の数である。
〈こんなにも多いのか……〉と、少し腰が引けた。五人もの人間が座っているのだ。
取り敢えずの所作として、軽くお辞儀をすることにした。
着席を促され、椅子に手を掛ける。
正面には人事部長が、不機嫌そうな顔を向けていた。
早速、智子の本人確認を終えたマネージャーは、
「まず会社側からご挨拶します」
と、出席者の紹介を始めた。全員の目がこちらを向く。
その瞬間、智子の横顔には青筋が走った。小さな怒りが湧いてきた。
私だって、会社側の人間である。
〈何が会社側からだ〉
その言い方が腹立たしく、悲しかった。それでも不必要な反応を見せないように
と、心の中を落ち着けた。
「会社側」の紹介は数分で終わった。それからは企業方針へと話が進められ、今

後は業態を変化させ、社員にも学習と進歩を求めていくと強調して、幾つかの具体例が示された。

そして、中長期で期待される社員の姿と、智子の現状、能力を考えながら、私たちと一緒に今後の人生を考えましょうと、諭すのだった。

突き放すような姿勢と、微妙な恫喝、寄り添うような言葉遣いに戸惑いを感じた。

なんらかの結論を持っていなければ、人事部のシナリオ通りに進んでしまう。

早期退職の応諾が自分の使命なのだと、錯覚する社員がいるのかもしれない。

その時、どうしたことか、急に頭が痛くなってきた。

薄笑いする人事部長の表情も気に障っていた。


今回の退職勧奨であるが、部長・支店長職以上は、その対象から除外されている。

智子だけでなく、そのことに忸怩たる思いを持つのは普通の感覚である。

ここには同年代でも、時々の職位が既得権となり、今後の処遇にも、いわば格差を生じさせている現実がある。

そして、その既得権は再雇用の場になっても消えることがない。

再雇用の社会でも、定年を機に全てが精算され、公平公正な評価の場が用意されているわけではないのだ。

既得権の小さい者は、仮に既得権者と同じ職場環境が与えられたとしても、過去の経歴とその柵(しがらみ)の偏重に、「やはり仕方のないことだ」と、割り切り、諦めるほかないことが多い。

しかしその一方で、その現実を、新たな挑戦のきっかけ、動機として活躍の場を広げる人も少なくはない。

これが、中高年の男性が作り出す現代社会の一面なのである。

智子は、冷ややかに見つめる人事部長への苛立ちも手伝って、目力で負けないようにと意識した。

人事部長は、〈あなたの役目は終わった〉と、明らかに上からの目線を向けている。

智子は思った。

同期とは、同年入社の中に見下ろす社員が何人いるのかを確かめ、自己満足に浸ることを表す言葉なのかもしれない。

それとも、敬語で接しなければならない側の同年入社が、目を合わせたくない存在という意味を含ませている言葉なのだろうか。

これまでの智子は、同期に対して、どんな態度を示していたのだろう。

水上から諭された言葉である。

「自己実現の場所と賞賛の場を間違えるな。

人として未成熟な人は、そこのところを混同している」

たしかに会社の中を見渡してみると、賞賛されるための肩書を必要とする人が、かなりの数はいるようだ。

人事部長も、おそらくはそのひとりなのだろう。

人と人、対等な精神などは獲得していない。

彼はまだ未成熟な世界にいる。

智子のように、会社への帰属意識から離れた場所で、立場に執着のない境遇になってみると、わかることである。

〈いけない、この場でこんな風に思うのは〉

どこか違う目で、智子も彼を見下ろしているのかもしれない。

こんな精神状態で正常な会話ができるのだろうか。

思うところはあるが、感情を露わにする対話は控えたい。

ここで打ち切りにしよう。智子はそう思った。

益々、頭痛が酷くなってきた。

そこで、「会社側」からの説明に感謝を述べると、会社からの説明は理解できましたと、きょうの話を終わらせ、席を辞そうとした。

傍から見れば、智子の態度は、あっさりとしたものに見えたかもしれない。

それに驚いたマネージャーが、とても慌てた様子で、

「お待ちください。質問等はございませんか」

と、智子の動きを両手で制した。

「はい、お話の件、よく考えてみます」

そう答える智子に、
人事部長は、「これまでの貢献には感謝しています」と、相変わらずの凍った目で、退職を示唆する言葉を掛けてきた。

智子は本心を表していないが、彼等も人事のプロである。

心の内を見透かされているのかもしれないと、不安な気持ちが生まれてきた。

五人の目で観察されているのだ。

反対にここでは何か言い返さなければいけないと思った。

そこで、ゆっくりと腰を浮かし、深く座り直し、「折角なので」と、できるだけ

笑みを含むようにして、

「会社では女性の登用をどのように考えていますか?」と、特に誰に向けるでもなく、少しの意図を隠した質問を投げ掛けてみた。

一瞬、空気の流れが止まり、「会社側」に戸惑う気配が見て取れた。

この回答は人事部長の役目である。

マネージャーが人事部長を覗き込んだ。

明らかに動揺を隠せないでいる人事部長。

智子はその様子から、何かの確信が得られたのか、

「特に意味はありません、失礼しました」

と、さっと席を立ち、顔を見られないほどの深いお辞儀をした。

智子の顔は失望と悔しさでいっぱいだった。

そして、ドアの方へとくるりと身体を向け、その表情を悟られないようにした。

背中越しには、浮足立った様子が感じられた。

智子の意地が、同期に示された場面でもあった。

すると、再びマネージャーに止められた。

他にも説明したいことがあるという。

少し上擦った声の人事部長が口にした。

「こちらも時間を取っているのです」

「えっ」それはどういう意味だ。

〈私は組板(まないた)の上の鯉だと言うのか〉

かちんときた。更に心が敵対した。

振り向いた智子は、五人を鋭く見返した。

すると彼等は一斉に顔を下に向け、わざとらしく書類に目をやったのである。

だが、無言の圧力だけは伝えていた。

早期退職に応じて欲しいと言っている。

こんな状況でも自分の意志が通せる社員がどれだけいるのだろうかと、余計な考えが浮かんできた。

余程鈍い神経の持ち主か、もしくは強い意志が必要である。

智子がこの状況に耐えられるのは、会社への割り切り、人生への俯瞰、そして何よりも、退社の意思を持っているからである。

それからは、とても重苦しい空気に覆われた。

「会社側」も智子も、会話を継続させる言葉を失ってしまった。

そこで智子は半分目を閉じ、これまでの仕事ぶりを考えてみた。

もし誰かから、「あなたは何かを成したのですか」と聞かれたら、「何も出来ていないみたいです」と答えるほかないように思われた。

〈結局は、誰かの代わりを務めていただけなのだろう〉

入社当時、会社員の世界とは、椅子取りゲームの社会だと教えられた。

振り返ってみれば、智子も、その時々の椅子を目指して、汗を掻いていたのかもしれない。

そして、いまここで座っている椅子が、最後の椅子である。

自虐的だが、この椅子でさえ、競った末のものなのだ。

選んだつもりで、選ばされた道を歩くのが、会社員の人生なのか。

「対岸」の五人も、いつかはこの席に座る。少しはそれを感じているのか。

否、人間とは賢いようで愚かな生き物である。

五人はそんな未来を想像さえもしていないだろう。

上位者の視点、上から目線のいまに、酔っているだけである。

ふと目を開くと、人事部長と目が合った。

その目の奥に、上手く言葉には表せないが、智子がこの面談で格闘するものの正体、人を人と思わない冷淡な心を見た気がした。
その瞬間、息が止まりそうになった。すかさず目線を横へと向けていた。
苛立ったマネージャーが咳払いをする。
この場を取り繕うためなのだろうか、曖昧な質問を投げ掛けてきた。
「他にご不明な点はありませんか?」
今更何を言っているのか。中途半端な言い方が癪(しゃく)に触った。
智子からの刺々しい気配が伝わっていく。
困った表情のマネージャーは、軽く目配せ、人事部長に合図を送った。
それが決まりごとなのだろう。人事部長が口を開いた。
こんな時、彼らはいつも決まって、「みなさん」という言い方から始める。
「我々はみなさんの生活を、あらゆる選択肢で考えています。
みなさんに寄り添いたいと思っています」
と、手振りを交え、身体を揺すり、改めて会社の人事政策を語り始めた。
そして間を取ってから、一瞬、薄気味悪い笑顔を向けて、
「こちらの額を考えています」
と、一枚のメモを提示した。

智子は目を剥いた。

そこに書かれていたのは、上乗せされた退職金の額であった。

人事部長は、よく考えてくださいと、身を乗り出してきた。

「定年までの生活を考えても、割が悪い金額ではないと思いますよ」と、まるで金融商品を勧めるような説明でもあった。

反発心も抱いたが、納得感もあった。

文句なしとは言えないが、微妙なところを突いていると思った。

仮にこのままの就業を続けたとしても、充実感とか、やりがい、心労の問題、心地良さの期待できない場所と時間に耐えなければならないことなどを考えると、悪くない条件だと思った。

しかし、それよりも何よりも、智子は落胆した。

「会社から慰留はしません」と宣言された。そう思った。

自分では退社の意向は固めていたが、ストレートに必要ないと言明されると、ショックだった。

思わず口走ってしまった。

「辞めなきゃいけないですか？」

その時、重々しかった部屋全体の空気が大きく揺れた。
人事部長は両手を横に振り、
「いえ、選択肢のひとつです」
と、あくまで提案なのだと、メモの内容を強調した。
ここには自分が値踏みされている現実があった。
智子の会社人生が金額に換算されている。
それは、会社員としては当たり前のことであるが、とても悲しいことだった。
会社が対極の存在に思えてきた。
会社への微かな甘えも完全に消えてしまった。
智子は、右手の人差し指で顎を支え、そして、そのまま目を瞑(つむ)った。
動揺を隠すためだった。悲しかった。そして情けなさも感じた。
取り敢えずの答えとして、
「母親にも相談してみます」
と、薄目を開け、直答を避ける形を取った。
これ以上は無理である。限界だった。
今度こそ、この場を終わらせようと思った。

だが、弱っている智子を見逃すほど、マネージャーも甘くはなかった。
「ご実家は奈良県、お母さんがおひとりで」
と、その後の言葉を濁して、プライベートの世界に触れてきた。
言われるまでもなく、智子にも事情はあった。
弟はいるが、彼は愛知県に居を構え、家族四人の生活を送っている。
母親と暮らすのは難しい状況にあった。
マネージャーの言葉も、要約すれば、実家への帰郷を促していた。
智子は再び目を閉じた。
そして、心の中でため息をついた。
自分にも違う人生はあったはずである。
人生の選択を意識した時は何度かあった。
何故この場で思い出すのか、忘れもしない光景が蘇っていた。
それは夏の日差しの中に、秋の風が交じり始めた、日本海の海岸線だった。
この人かもしれないと思った人がいた。
その人との旅の話である。

縁結びの神様と言われる、ある神社に立ち寄った時のことだ。

茅葺(かやぶ)きで作られた本殿の裏には、うさぎの隠し彫りが、目立たないように拵(こしら)えられていると、教えられた。

うさぎの数は三羽。そのうさぎを全て見つけると、ふたりの願いが成就すると言われる、「月結びの伝説」である。

智子は、そのうさぎを探して欲しいと、その人の手を取って歩きかけた。ところが思いもよらないことに、その人からはとても冷たい態度を取られたのである。

つないだ手からも「心」を感じなかった。

その人はやさしさの形を見せてくれるが、やさしい心では接してくれなかった。

ふとした所作、些細なことに、その人の本性を見た気がした。

それからは智子の気持ちに変化が生まれ、引き潮になる自分を感じていた。

そう言えば、その人は智子の昇進なども喜んではくれなかった。

他の人に対して、良かったね、応援したいなと思える人はしあわせな人だという。

智子は思った。

〈この人はしあわせな人ではない。

私はこの人と、しあわせになれる気がしない〉

こうして応接室に座っていると、その人の目は、人事部長の目とも、どこか似ているように思えてくる。

何かに怯え、劣等感に覆われた、虚勢が頼りのやさしくない目である。

日本海から、波の花の便りが聞こえ始めたころだったと思う。

智子とその人に交わす言葉は消えていた。


智子の回想は続く。母親との会話である。

退社の気持ちを伝えると、

「ごくろうさま」

母親はそう言って、不義理だけはしないようにと注意して、少し遠慮がちに訊ねた。

「一番の思い出は何だった?」

ありきたりの質問だったが、智子には答える義務があった。

智子は、あれやこれや考えて、

「やっぱり入社式かな」と答えた。

上手くいった仕事、残念だったこと、昇進した時、仲間との出会いや別れ、色々な思い出があるが、いまとなってみると、それほどにも感じられなかった。

出口に立つ身になると、思い起こすのは、入口での戸惑いなのだろうか。

みんなと同じ色のスーツを着込み、つま先を真っすぐに、両手を膝の上に乗せて着席し、姿勢を崩すのにも力を必要とした。

まわりは都会の人ばかりで、とても優秀に思え、この人たちに付いて行けるのだろうかと、不安と心配でいっぱいになった。

あの時の緊張感は忘れられない。

「お母さんは経験ないものね」

智子がそう言うと、それはたしかにそうだと、母親も相槌を打って笑った。

「この中で、どんな色に染まるのか、とても心配だったの」

智子は当時を思い、視線を遠くにして呟いた。

「それで、どんな色になったの?」

母親が興味有り気に訊ねると、智子はよくわからないと答え、結局は無色で終わった会社人生だったかもしれないと、いまの心境を語った。

四半世紀以上働き続けたのだ。

様々な個性の色と出会い、それに応じた色相となって対応もした。

いくつかの色彩の記憶があっても良さそうなのだが、いまは、無色の自分を感じているだけであった。

〈結局は原色を持たない人間だったのかも〉

少し投げやりとなり、深いため息も出た。

水上の言葉である。

「人生の彩りは、まわりとの関係で決まる。利害だけのつながりでは美しくならない」

そう、戒められた。

それを思うと、いまの自分が無色であることにも頷けた。

会社の人とも利害が無くなってしまえば、必然的にその色は消えてしまう。

もちろん、そうではない人も、何人かはいる。

むしろ、会社の外に何かの色合いを感じたこともあったが、それは強がりだった。

退職後は無色となるのも当然のことなのだと、軽く唇を噛んだ。

「そんな自暴自棄にならないでよ」

一生懸命やったじゃないのと、母親に慰められ、その話題を終えた。

それからの会話は引っ越しへと移ったが、ここでも智子は塞いでしまった。

思わず口から出た言葉は、

「人生は無駄遣いの積み重ね」

と、格言じみたものになった。

「よく考えた買い物をしていたら、随分とお金持ちになったかもね」

そう言って、母親はその場を和らげてくれた。


誰かの咳が聞こえた。

いけない、慌てて瞬きをした。過ぎ去った時間への旅を止めた。

人事部長とマネージャーが、とても不思議そうに覗き込んでいる。

作り笑いをしながら、「大丈夫ですか」の言葉とは裏腹に、さして心配もしていない様子だった。

逆に智子から彼らの表情を覗うと、瞳の奥がとても濁って見えていた。

この濁りは、随分と昔から見てきたような気がする。

智子は再び、入社当時を思い出した。

今では考えられない光景ばかりだった。

そのころは、たばこの煙が充満する世の中の風景があった。

毎晩、スーツの臭い消しにも苦労したものである。

当時は、たばこが嗜みとして扱われ、会議中だけでなく、食事喫茶の最中、新幹線の車内でも禁止されることはなかった。

灰皿はどこにでも置かれており、白い煙は多忙の象徴に思われていた。

そんな環境の中で智子が学んだのは、縦社会、取り分け、男性社会の人間関係だった。

彼等を動かしていたのは、不安を隠すために群れる心理、群れの中から生まれる優越感と劣等感、空虚な心を満たすための特有の感情だった。

所謂（いわゆる）、社会的感情と呼ばれる負の感情である。

いまもなお、不思議に思うことがある。

群れていたほとんどの者が、智子には無警戒であった。

有り体に言えば、彼らにとって智子は、「息抜き」の存在だった。

多くの者が、休憩時間の折、会社が終わった後などには、胸の中を曝け出し、心の内を吐き捨て、本心を露わにしていたものである。

心底、彼らを見苦しいと思ったことも少なくない。

そうした社会の感情はここにいる、人事部長やマネージャーの瞳の中にも、窺い知ることができる。

彼らは優越的な立ち位置を装いながらも、後ろに控える、より大きな力に怯えている。

権力とは借り物であると認めながらも、不安を払うために、権力の行使をやめられなくなっている。

そして、ここが面倒なところでもあるのだが、そうした不安からの感情と行動は、男性社会とは別な姿で、女性は女性の「形」として現れるものなのである。

その感情と行動は色々な方法で表現される。

ある意味、男性の方がわかりやすい。

智子が語るのも可笑しなことだが、女性の方が難しいように思う。

女性はなかなか本音を見せてくれない。

苦手な人、嫌いな人にも如才なく振る舞う。

誰かの陰口や悪口を吐露し合う本人同士が、実は仲が悪いという複雑性を持っている。

簡単に言えば、男性のように、たしかなものが見えてこないのだ。智子も社内のネットワークの中で、随分と手を焼いたところでもある。


それならば、智子はどうであったか。

智子も縦社会に生きた人間である。もちろん、同化されていた部分もある。元々が負けん気の強い性格でもあった。当然にそうした感情は抱いていた。ただ、感情表現の抑制ができていた。言動の安全弁が働いていたのである。

どうしてそれが可能であったのか。

それは、智子が謙虚に劣等感を自覚して、学習の気持ちを忘れていなかったからである。


その始まりが、身を震わせた入社式だった。

まわりの人は優秀な人たちばかりに映っていた。

洗練された同期たちと、対等に渡り合っていくには、どうしたら良いのだろうか。智子なりに考えてみた。

そしてその最初に見つけた答えが、誰に対しても挨拶を忘れないことだった。挨拶は最大の防御術となる。

それからもうひとつ、まわりの人の意見を聞くことであった。

自分には足りないものを埋めなければならない。

先輩の助言には謙虚な気持ちで、耳を傾けようと心に決めたのである。

もちろん、「息抜き」の場も学習の機会にした。

本音で語る彼らの言葉には人の知恵が凝縮されていた。

時にはどうかと思う「私語り」もあったが、暗夜の松明（たいまつ）となる教訓もあった。

あのころのことを思い出すと、たばこやカラオケは好きにはなれなかったが、その煙や歌詞の中にも、様々な教えが溶け込んでいたように思う。

先輩方にはお陰様、感謝の気持ちでいっぱいである。

いまにして思う。

「素直さは最大の知性である」


そう言えば、輝いている先輩たちには共通点もあった。

それはいつも「挑んでいる」ということだった。

心に刻まれた言葉がある。

「挑戦を忘れてはいけない。

向上心は、小さな挑戦と達成感を何度も繰り返す中で養われる」

当時の智子にとって挑戦とは何だったのか。

それは目の前の仕事に向き合うことで、広がりを感じる未来へと進むことだった。

技能を身に付け、知識を蓄えることに心を向けた。

誰よりも努力したと思っている。

だがそれが、どれだけの意味を成していたのか、いまでもはっきりとはわからない。

それでも智子は、社会人としての基礎体力を養い、応用力を備えることができたと思っている。

ほかにも先輩たちからは、こんな教えも頂いた。

「努力を続けると何かが見えてくる。

実力とは、仕事に熱中することによって身に付くものである」

多くの失敗を重ねなさいと忠告を受け、挑む姿勢は大切にしたつもりである。

気が付けば、たくさんの人と関わり、

「あの人で仕事が回っている」と、まわりの評価も受けるようになっていた。

しかしそれが、時を経るに従い、そして特に昨今では、濁りの目を持つ者からは、好ましくない被写体にもなっていたようである。


早いもので、入社してから長い年月が経過している。

寂しいことだが、鏡を覗くと髪に白いものが見られるようになってきた。

直接の契機は早期退職の公募であるが、ある思いが心を占めるようになっていた。

それは、これまでの生き方に対する疑問である。

求めていたのは他人からの評価だった。

それは役職であり、役割であり、業績・実績であった。

そもそも役職や役割とは、あてがわれるものなのである。

必ず期限もある。

期限が定められているのは、それが組織の代謝を担保しているからである。

成長に代謝が必要とされるならば、そして、世の中にも節目が置かれているものならば、それは人にも当てはまることだろう。

私の成長にも区切りが必要なのではないか。

〈私は本当に私を実現していたのだろうか〉

魂の叫びが聞こえた気がした。

それからは、様々な思いが駆け巡り、時々に焦りを感じるようになっていった。
ある時、水上から問われたことがある。
「いまの自分を図形に表せますか」
思わず言葉を失った。
想像もできなかった。携帯電話を持ったまま押し黙ってしまった。
やっと思い付いたのが、三角形であった。
それは会社組織と同じである。
冷ややかな見方をするならば、智子の世界はその三角形の中に存在した。
自分の答えがとても虚しかった。
その時に思いが弾けた。
時はいまである。
状況にも与えられた分岐点かもしれないが、
〈やっぱり、私は私をかなえたい。私の夢に立ち帰りたい〉
そう思ったのだ。
その夢の行先は憧れの羅針盤が示している。
その夢はいまだから、挑戦できるようにも思われた。

これまでの時間も決して無駄な足取りではない。

夢の実現には昨日までを必要としたのである。

それは経済的な支えであり、学習と経験の蓄積であり、時間の確保でもあった。

炎の色が変化するように、赤色から黄色へ、そして白色から青い炎へと、夢が止まらなくなる、「その時」が必要だったのである。

水上に辞意を伝えた時のことである。

「学習と挑戦」の重要性を説いた言葉のほかにも、こんな助言を加えてくれた。

会社を辞めれば社会が閉じてしまう。

「世の中の扉が閉まれば、運もなくなる」

運も実力のうちと言うが、運とは人とのつながりで開けるものである。

これからの人生、運から見放されないために、

「多くの出会いを試みて欲しい」

代え難いのは言葉のやり取りなのだと、そう、教えてくれた。

その日の人事部との面談だが、どんな会話で終わったのか、頭痛と後味の悪さ以外、あまり記憶に残っていない。

智子もその場では、早期退職に応じるとは答えなかった。

「会社側」にはとても抵抗を感じたからである。

早期退職を促す人事部長と、夢の羅針盤を携えて退社の意思を固めた智子は、見ている方向は同じだったかもしれない。

だが、見えている風景が、全く違っていたこともたしかである。

人が生きる意味とは何なのか。

そのひとつは、思い出という財産を作るためである。

財産を作るためには、働いてその環境を整えることが必要となる。

もちろんその過程でも、思い出に恵まれることはある。

智子は、朝霧製薬での時間に区切りを付け、これまでに感謝しながら、夢をかなえる道を歩き出すことにしたのである。

夢をかなえるための一歩こそ、悔いのない思い出作りの始まりだからである。

◆

窓からは大きな月が覗いている。

智子の引っ越しの日も近くになった。

きれいに片付いた部屋の真ん中に座り、部屋中を見渡してみた。

エアコンの吹き出し口が変色している。しみじみと、長かった年月を思った。

これからの智子の道である。

それは高校時代の通学路から始まっていた。

駅から学校まで続く、真っすぐに伸びる銀杏並木があった。智子はその道で、憧れの世界を思っていたのである。

その道は秋になると、黄金色のトンネルに覆われ、とても美しい光景を作り出していた。

智子はそのトンネルの中で、『赤毛のアン』の世界を夢見ていた。

地球上で一番美しいと言われた島、「プリンス・エドワード島」こそが、智子の憧れた場所だったのである。

毎日の通学途中、いつもその瞳の奥には、小鳥が飛び交い、花が絶えることのない、鮮やかに彩られた島の風景が、フィルムが流れるように映されていた。

ローストチキンを、お腹いっぱいに食べたい。

アンが好きなイチゴ水を飲んでみたい。

そんな思いも抱いていた。

そして智子は、その憧れに背中を押され、遅ればせながらも、夢の羅針盤が指していた、カナダへの留学を決めたのである。

不安がないと言えば嘘になるが、高校時代のノートに書かれていた「競争とは自分の夢に向かって走ること」の言葉に勇気をもらった。


それからの智子は出発準備にも追われ、忙しい毎日を送ることになった。

早期退職の手続きはもちろん、渡航準備にもかなりの時間を要した。

母親の言葉に従い、御礼の言葉も忘れなかった。

そんな最中、水上のところに、手紙を送っている。


「老後資金の散財ですが、我儘させて頂きます。

私の夢でした。

最初で最後でしょうが、憧れの海外生活を過ごします。

毎日の暮らしや仕事にと大変で、挫けそうにもなりました。

それでも、私の何かが諦めてはいませんでした。

気安く遊びに来てください、とは言えませんが、その節は是非ご連絡ください」

手紙を受け取った水上は、青空に梯子を掛ける智子を思った。

心が震え、その手紙に元気をもらっていた。

再雇用を終えた水上も緑寿（六十六歳）を迎える。緑寿は新たな始まりを表す言葉である。

その言葉にはこれまでへの感謝と、社会への恩返しを考える意味も込められている。

どんな夢をかなえましたか。

これからの夢は何ですか。社会へのお返しも大事なことです。

それらを考えるのが緑寿なのである。

先々の話となるが、智子が留学から戻った時には、彼女のたくさんの土産話の合間にでも、緑寿の物語が語れるようにしたい。

そんな決意を新たにした水上だった。

まだまだ、思い出作りが終わったわけではないのだ。

智子には、感謝と応援の気持ちを込めて、

「きっと、私をかなえてください」と、返事をした。

◆

智子の出社も最終日となった。
「すいません。少し臭います」
おむつを替えているのは、育児休暇中の友江である。
同僚から智子の退社を伝え聞いて、お別れの挨拶にやって来たのだ。
久方ぶりの出社のため、みんなと話が弾み、
「赤ちゃんは心配ないから大丈夫です」
と、畳んでいた羽根を伸ばしてしまった。
ところが赤ちゃんは、折角の機会を思いやってくれなかった。
友江は申し訳なさそうな顔で、おむつ交換を始めた。
そこに、少しは覚えがあると腕まくりをして、何人かが集まってきた。
智子も心配になりながら、友江と赤ちゃんの様子を覗っていた。
百合は珍しそうな顔をして、ことの成り行きを見つめている。

だが、その風景を快く思えない人もいた。
退職勧奨を受け、退社が迫る渡辺もその一人だった。
眉間に皺を寄せ、鋭い目付きで睨んでいる。
額には「大迷惑」と書いてある。
渡辺には自身の境遇と、育児休暇中の友江の環境が、とても不条理に思えていた。
多くの者も渡辺の心中は理解していた。
「そんなところから足を抜いたら駄目だよ」
「ちがう、ちがう。ここだよ」
「あ、手についちゃった。ティシュ」
赤ちゃんに何人かが関わっている。
誰かが奇声に似た大きな声を出した。やがて部屋中に臭いが広がった。
みんな「うっ」と鼻に手を被せ、一瞬息を止めたりもした。
ところが、しばらくして慣れてくると、微かに甘い香りを感じることもできた。
そこに、渡辺が歩み寄ってきた。
かなりの緊張感が走った。部屋中が声を潜めた。
赤ちゃんの声も静かになった。

友江の前で立ち止まった渡辺。
しばらくは無言だった。
それは何秒かだが、とても重く感じるだけの時間はあった。
そして、言った。
「しあわせの香りがしますね」
意外な言葉であった。
身構えていた友江だったが、瞬間、頬を緩ませ、笑顔で渡辺に応えた。
「ありがとうございます」
おむつ交換を遠巻きに見ていた社員も、穏やかな表情を友江に向けていた。
赤ちゃんも、手荒なこともされたようだが、一度も泣くことはなかった。
嬉しそうにみんなと笑っている。
赤ちゃんのお尻は白くぷっくりとして、白桃のように見えていた。

# 桃源郷

携帯電話が振動した。

真由美からのメールだった。

「お電話して宜しいでしょうか?」

こんな前振りは珍しかった。

真由美は裏返った声で、

「配置転換の内示を受けました」

と、伝えてきた。

降格にもなった。

「そんな……」と声を出す以外、水上には返す言葉がなかった。

真由美は唇を震わせて、言葉遣いも曖昧であった。

気が動転しているためか、一方的に話を終えると、その後は黙り込んでしまった。

しばらくして、

「申し訳ありません。また連絡させて頂きます」

そう言って、電話は切れた。

水上は憤りを覚えた。悲しくもあった。

会社は一体何を考えているのか。

時代の趨勢、世の中の変化、もっともな理由もあるだろうが、これが当社の人事政策ですからと言われても、抵抗感を払拭することはできなかった。

真由美の担当は、会社にとっても極めて重要な取引先である。

担当窓口の交代となれば、円滑な引き継ぎに留意しなければならないのは、当然のことである。

定年まであと三年、真由美は五十七歳になる。

遠くない将来、その日は必ずやってくる。

それならば、真由美の意見も聞いて、確実な継承の形を取ることの方が、会社の選択としては、妥当なのではないか。

もちろん、真由美だって、これから新しい仕事を覚えるのは随分と大変なことである。

何よりも今回の処遇には、会社から真由美への思いやりが感じられない。

早期退職の勧奨を断り、在社継続を希望したからと言って、これほどの扱いも酷いのではないか。

永年勤続、会社への貢献という言葉が虚しく感じられる。

水上は呆然として、空を見上げた。

灰色のちぎれ雲がゆっくりと流れている。

「真由美は、大丈夫だろうか」

雲の流れが早くなるに連れ、水上の心配も段々と大きくなっていく。

目を閉じると、真由美と仕事を共にした日々が思い出された。

それはついこの前のように感じていたが、真由美からの知らせを聞いて、遠い昔のことになってしまった気がする。


それからしばらく後のことである。

今度は真由美の携帯電話が振動した。

「連絡待っています」

水上からのメールだった。

我に返った真由美は、何度か瞬きをした。

内示を受けてからの間、身の置き場にも困っていた。

まわりの人たちは距離を取り、見て見ぬ振りをして、自分だけが浮いているように思えていた。

誰も声を掛けてこない。

恨むわけでもないが、気さくに話をしていた人たちまでが、目を合わせることさえ避けていた。

やさしい言葉を用意できるわけでもなく、どうしようもないとはわかっているが、人が生み出す空気とは、これほどに冷たいものなのかと、改めて思い知らされた。

ここにいるのは辛かった。

外の空気を吸いたかった。

ところがこんな日に限り、来客の予定もある。

それまでは、時間が過ぎるのを待つしかなかった。


現在の真由美は、朝霧製薬の本社で、営業本部に所属している。

副部長の肩書ではあるが、昇進がなければ、来春の人事には役職定年となる。

主な業務は、医薬品卸の最大手で、丸の内に本社を置いている、金鯱物産の担当窓口である。

四年前に前任者からの仕事を引き継ぐと、その後は金鯱物産との取引を更に拡大させ、会社の売上増大に大きく貢献していた。

粘り強い本部間交渉のお陰で、どれだけの現場担当者が救われていたか、その評価も衆目の一致するところであった。

当然のことだが、社内での存在感もそれなりのものとなり、多くの関係者からは真由美を次期部長にと、希望する声が少なくなかった。

そのために真由美を疎ましく思い、面白くない人物と考える社員も現れていた。

真由美の上長も、そのひとりだった。

真由美が女性であることに、ある種の抵抗感も抱いているようだった。

常日頃の接し方には、不自然な態度が少なくなかった。

真由美自身、年齢のこともあり、定年退職までは同じ職位に留まるとは思っていなかったが、まさか、現行業務の全てが奪われてしまうことになるとは、想像もしていなかった。

それは、多くの社員も同じような見立てをしていた。

それでも、人事は人事である。

不可解、不承知なことでも、黙って従わなければならないのが、会社員の世界である。

その辞令は、真由美が抱いていた、もしかしたらの期待を消してしまった。

それでも彼女は、無念の思いを押し殺して、誠実な態度で引き継ぎ業務に臨もうと、気を取り直していた。

爽やかな引き継ぎこそが前任者の誇りである。

交代の挨拶も、後任者と日程を擦り合わせ、その準備を始めていた。

ところが、しばらく経ってのことだが、ある裏話が社内を駆け巡り始めた。

囁かれていたのは、今回の真由美の人事である。

真由美の処遇については、かなり早い段階から上長が中心となり、社内での根回しが行われていたというのである。

上長は部外からの昇格者であり、権力と権限に頼ることで、時々の未熟さを覆い隠していた。

現場で問題が発生した時や、難しい課題に対処する場面になると、まわりから頼りとされていたのは、いつも真由美だった。

そこには、上長にとって面白くない現実があった。

残念なことであるが、現場が上手く回るからといって、それで丸く収まらないのが会社組織というものである。

当然、上長の中にも人間の感情が生まれていた。

それはとても醜い心であった。

「部長は真由美の活用よりも、自分自身の感情選択を優先させ、歪んだ思いの実現に、今回の退職公募を利用したらしい。

組織の若返りを理由にして、真由美を配置転換させてしまったようだ」

これが裏話のあらましだった。

だがそれが、どこまで本当のことなのか、常識的には疑問にも思われたが、その後に起きた驚くような事件が、真実を教えてくれることになったのである。

しかも残念なことに、真由美にその事件を知らせてくれたのは、金鯱物産の役員であった。

直後に事件を知った金鯱物産の最高幹部は、「なんと見苦しい会社なのか」と激怒したという。

それに慌てた役員が、電話を入れてくれたのだ。

その事件の全容である。

予定された引き継ぎの前々日の話となる。

上長は突然に後任者を伴って、金鯱物産の本社を訪問した。

そこで上長は自らの立ち合い、指示であると後任者を威迫して、煽り急かせるように、予定外の着任挨拶と名刺交換を行わせてしまったばかりか、その後は一斉の場に、真由美を同席させなかったのである。

「長い間お世話になりました」と、挨拶の機会さえも与えなかった。

金鯱物産の関係者たちには、寝耳に水の話で、ただ驚きと戸惑いの中に置かれ、当然ながらその場は、異様な空気に包まれていたという。

こんなことをしたら前任者の立場がない、真由美が可哀そうではないかと、当事者たちは反感を覚えていた。

何よりも、自分たちが軽くあしらわれ、侮辱されているという事実があった。

誰もが憤慨したのは当然である。

どうして、そんなことをしてしまったのか。

上長にも言い分はあったかもしれない。ただ伝わっているところでは、その場での上長は、とても勝ち誇った顔を見せていたという。

真由美の存在を否定することで、自分の力を誇示したつもりでいたのだろうか。

しかし、多くの関係者には、真由美が何か不祥事でも起こしたと思わせる、引責交代の形にも映ってしまったのである。

もちろん、上長の行動は負の感情から生まれている。

強引な人事を行った後ろめたさが、引き金となっていたことは、想像に難くない。

社内を駆け巡っていた噂は本当だったのである。

そして、とても驚くことであるが、上長は自らの企てが真由美にも伝わり、それが明るみになることなど、思ってもみなかったようである。

その日の夕方、上長から真由美に、

「引き継ぎの日程は改めて検討」と、意味不明なメールが送信されている。

真由美にも、役員からの電話と上長のメールで、知らぬ場で何が起きていたのか、おおよそのことが理解できたのである。

これは社会常識を無視して、取引先の尊厳に配慮することもなく、前任者の功績を否定した非常識な行動であり、理より情を優先する、それは取引先の最高幹部が評したところの、見苦しい澱(よど)んだ心からの行動でもあった。

女性登用の先駆けとして、多くの期待を受けていた真由美だったが、厳しい表現をするのなら、男が持つ邪な感情の犠牲者となってしまったのである。

往々にして現場の対応では、正しいことよりも、上長、管理者の感情が優先され、物事が進められてしまうことがある。

特に最近の傾向として、上長や管理者に忠言する者がいないために、また、言っても仕方がないという「学習」が繰り返されているだけに、しばらくは時の勢いが、問題の発生を覆い隠してくれるのだが、結果として、あの時が間違いだったと、悔やまれる選択は少なくない。この「事件」でも、上長の周りの者たちは、その後の後遺症に随分と苦しんだという。

それからの真由美であるが、現実に流されるでもなく、さりとて抗うこともなく、それでもしなやかに、人生を歩んでいった。

それを実現させてくれたのは、彼女の胸の中で消えることのなかった、遠く幼い日に起因する夢への羅針盤であった。

その真由美の暮らしであるが、高校生の息子、耕太とのふたりだけの生活を送っている。

ここまでも折れることなく、歩き続けて来られたのは、耕太のお陰である。

真由美は、結婚してしばらくの間、子宝に恵まれなかった。

念願をかなえることができたのは四十歳を過ぎてからである。

耕太が生まれた時は、天にも昇る嬉しさだった。

夫婦も甘やかし過ぎとはわかっていても、目に入れても痛くないほどに、耕太を可愛がったものである。

ところが、耕太が中学校に上がって間もなくのこと、夫は家から出て行ってしまった。

耕太には理解できない大人の感情が、父親を無責任な行動へと走らせたのである。

その夫とは友人を通じて知り合った。

年齢はふたつ年上だが、管理職への昇進は真由美が先になった。

収入も真由美の方が高くなり、夫には微妙な引け目が生まれていたようである。

それは真由美の名刺に、重みのある肩書が記され始めたころからだった。

次第に夫の態度にも変化が見られるようになっていた。

女性は細かいところにも気が付くものである。

表情や行動が変わる夫を察知できる。

俗にそれを、「女の勘」と言うこともある。

最初の気付きも些細なことからだった。

テレビのチャンネルを、やたらに変え始めたのである。

妙に落ち着きがなくなった。

男性がそうした所作を示すのは、現実逃避の感情からだと言われている。

案の定、夫は真由美を遠ざけるようになり、外の世界に居場所を探し始めた。

そのうちに、社内の女子社員と恋仲に陥り、隠し事を重ねるようになっていった。

やがてそれは真由美の知るところとなり、幾度となく話し合いの機会が持たれたが、真由美が、「私の目を見て」と、何度迫っても、夫の目は逸らされるばかりで、一度も正面を見てくれることはなかった。

女性はストレスが昂じると思考が停止され、喋り続けてしまう傾向がある。

真由美の言葉にも鋭さが増していった。

男性も追いつめられると、同様に思考を停止してしまうが、行動も起こす。

夫はその度に、家の外へと出て行ってしまった。

間もなく、ふたりの軋轢は頂点に達し、それぞれの道を歩むことが決まった。

思い出すのも辛いことだが、夫は最後にこう言ったのである。

まるで運命に従っているかのように、

「彼女をひとりぼっちにさせない」

と、真由美が加害者同然の扱いにされてしまった。

その瞳には、強がりと逃避が入り混じり、とても寒々としたものに見えていた。

真由美は、夫の後ろ姿を見送ると、崩れる上半身を膝頭で支え、両手が床に着かないようにと、身体を固くした。

それは真由美の意地だった。

ただ、涙は止めどなく溢れていた。

その時に、耕太と抱き合いながらふたりで約束した夢がある。

本当に実現できるのか、心の支えとしてなのか、毎日の生活の中で朧気(おぼろげ)となる時期もあったが、母親と息子の気持ちの拠り所として、忘れられたことはなかった。

◆

苦しい環境、厳しい状況に置かれた時ほど、その思いは募っていったのである。

水の流れも清々しい長良川河畔、ここは、岐阜市の「長良川温泉」である。

江戸時代から続く老舗旅館のロビーに、水上と百合が座っていた。

百合は真由美の話を聞くと、これが本当に自分の会社で起きたことなのかと、目を剥いて、どうしてそんなことができるのですかと、酷く憤慨していた。

水上の後方、百合の正面には、金華山（きんかざん）が見えている。

まるで岐阜城の天守が、その頂上には浮かんでいるようであった。

苦虫を噛み、渋い表情の水上は、

「岐阜城もなかなかのものでしょう」

と、百合の質問をはぐらかした。

水上が答えに躊躇している様子から、その心中を察した百合も、

「あの高さからなら、天下を俯瞰できます」

と、臨機応変な受け答えで対応した。

百合は東京から水上を訪ねていた。

先輩社員、智子からの勧めであった。

水上に一度会ってみたら良い、困った時、何かを悩んでいる時には、生きていく

上での知恵、考え方をきっと示してくれるからと、助言されていた。

百合にとって、きょうは水上との初対面である。

ご挨拶と自己紹介、会社の近況などを語り、そして、その会話の中に生きるヒントを聞くことができればと、期待を膨らませていた。

ところが、憧れていた先輩、智子の話題で、恭子や真由美についても、智子と同世代の女性の生き方として、水上からの紹介を受けたことから、ふたりの初顔合わせの場は、女性たちの人生を学ぶ場所へと、変わってしまっていたのである。

もちろん、水上も百合との会話を、通り一遍だとは考えていなかった。

ただ、怒りを隠さない百合の質問に対しては、その答えも大人が持つ負の感情であり、また、会社の中で行き交う社員のことでもあり、微妙なところに触れるのも必然で、どう話を続けたら良いのだろうかと、迷いの中にいたのである。

百合は入社して五年目だという。

水上から見れば、純真な若者であり、眩しい輝きを放っていた。

そんな百合へ、真由美に起きた理不尽な出来事を聞かせてしまい、取り上げる話題への配慮に欠けていたと、水上には後悔の念さえも湧き始めていた。

そして、その気持ちは時間の経過と伴に収まるどころか、徐々に大きくなり、何度か深呼吸を繰り返してみたのだが、あまり効果もなかった。

そこで金華山の方角へと身体を捩じり、戸外へと視線を移したのである。移したというより、百合からの目線を外した、という表現が正しいのかもしれない。

水上は、真由美への強い思いと過去の見聞をも重ね、大きく心を乱していた。落ち着きを失っていたことは、明らかだった。

百合も水上の迷いを感じ取り、ただ目を伏せて、自分の足元を見つめるほか術がなかった。

そのまま静かに時間だけが過ぎていく。

ところが、水上の方が耐えられなくなった。

百合への答えを求める焦りと、その気遣いが苦しくなり、ふと、「部長は優越感が欲しかったのですよ」と、真正面からの回答を呟いてしまったのである。

思いがけない答えだったのか、瞳を広げた百合は、その驚きを水上に向けて、ゆっくりと姿勢を前傾させた。

水上も言葉に出してしまった以上、百合の真剣な表情に、中途半端な言い回しは許されないと、先ほどからの迷いを断ち切り、その言葉の意味を語ることにした。

水上は百合の目を見て、諭すような口調で、

「人はどんなに注意を払っても、考えられないことをしてしまうものなのです」

と語り始めた。

それは、優越感や劣等感から生まれる行動のことであった。

上長は真由美への劣等感を抱いていた。

上長はどんなに権力を誇示しても、真由美の実力と存在感には及ばなかった。

組織や仲間の輪の中には、いつも真由美がいた。

そうなると、劣等感を抱く人間は、優越感に浸ることだけが、唯一の喜びとなってしまう。

「この場合は保身も理由だった、と言えるのかもしれません」と、水上は付け加えた。

社内で早期退職の公募が開始され、人事部からは真由美も該当者に当たると伝えられた時、上長にはある思惑が過った。

そして、その思惑に突き動かされるまま、持っている権力と権限の行使を考え始めたのである。

恐らくその時の上長は、過度な自己肯定感に支配され、その行動に会社の利益、真由美たち社員の生活よりも、自分の感情を優先させているなどとは、疑ってもいなかったのであろう。

「時に人は、劣等感からの行動を制御できなくなり、そのことを自分の中で正当化してしまうことがあります。

残念なことですが、それが人の持つ醜い一面なのです。それは権力に頼る者ほど、その傾向は強くなると言われています」

と、水上は荒々しく語感を響かせた。

百合は黙って聞いていた。その顔はとても悲しく、辛そうだった。

水上は続ける。

「これからは、人の心も学ばなくてはいけません」

その言葉に百合の瞳が小さく絞られた。

水上の話は更に深掘りされていく。

「人は案外、賢くない生き物なのです。

しあわせになることよりも、優越感などの社会的感情を優先させてしまうことがある。

冷ややかな言い方をすれば、しあわせへの思いは案外、脆弱なのかもしれません」
ここで水上は、言葉を止め、百合の目線や呼吸に気を配った。
百合の顔は難しい表情へと変化していた。
それでも、水上に訴えるような目をして、訊ねるのだった。
「人は澱んだ自分の心にも、従ってしまうものなのですか」
水上は黙って天井を見上げた。
途端に落胆の様子を見せた百合だったが、再び瞳を大きく開くと、
「部長の行動はそういうことなのですね」
と、最初の疑問への答えを口にした。
水上は静かに頷いた。
そして、その百合の言葉に、
「そんなことをして、しあわせだったのかな?」
と逆に、問い返したのである。
百合は、瑞々しい額の真ん中に、三本の皺を走らせ、下唇を尖らせてしまった。
水上の問いに、適当な表現が見つからないようである。
そこで水上は、自らの設問に答えた。

「余程の人間でなければ、しあわせではないと思います。

一時の満足には浸っても、幸福感を味わうような行為ではありません。

金鯱物産の関係者からも、強い拒否反応が示されているのです。

ただ、妬む人は自分を失っている。

自分がないから、行動の指標となる、社会常識も働かなくなる。

まわりの空気などは、気にもしなかったかもしれません。

当然、その場では間違った自己満足の中に陥っていたのでしょう。

それは、単なる虚勢だと気が付かなければいけないのです。

そうした人がしあわせでないのは、その虚勢が自分の劣等感に向けられており、まわりからは孤立してしまっているという自覚がないからなのです。

わかりますか？」

水上は百合の顔を覗き込んだ。

その瞳がゆらゆらと動いている。

百合にも何かが見え始めている様子だった。

人を傷つけ、しあわせから引き離す、負の感情の正体である。

それは、社内での評判が高い智子を評価することなく、逆に同期として冷たく見下ろしていた人事部長や、金鯱物産の最高幹部が見苦しいと称した上長の行動にも表れていたものである。


その時、爽やかな風が、ふたりの身体を抜けていった。

長良川のせせらぎも心地よい。

水上は百合の顔を見つめた。百合もその目を水上へと向けると、じっと、その視線を外さなかった。水上はどきりとした。

百合は水上の戸惑いを気にすることもなく、その瞳の光彩で、負の感情の正体が見つかったことを伝えていた。

そして軽く膝を叩いて、

「それは男の嫉妬心ではないですか」と水上に迫った。

「え!」

水上には、その後に続ける言葉が出なかった。

唖然として、声を失ったという言い方が適当かもしれない。

百合の答えに圧倒され、沈黙してしまった。

閉口した時間の長さもわからなくなるほどの、強い衝撃の言葉だった。

それでもやがて、落ち着きを取り戻すと、眦を下げ、次には大きな声で、かっかと笑い始めたのである。

「男の嫉妬心」

それはあまりにも正鵠を得た答えであった。

水上は百合に申し訳ないと思った。

百合は十分に社会と人間を理解していたようである。

その百合の答えだが、真由美の夫にも通じている。

夫の心を変化させたのは、真由美の昇進だったのかもしれない。

やがて収入の差にも気が付く。

既に収入が男性の力の源泉だったという、古い時代は過ぎていたが、それでもそういう意識は世の中に残っていた。

それが夫の心にも反映されていたのだろう。

真由美が昇進するまでは、どこかで真由美を所有しているという、前時代の考え方さえ見せていたようである。

ところが、収入や肩書の変化を機に、頼みとしていた拠り所を失うと、真由美の活躍さえも面白くなくなってきた。

今までの自信が失われ、反対に不安が生じてきたのである。

そうなった夫は、些細なことでも傷付くようになる。

ほどなく、現実からの逃避行が始まったのは、必然の行動でもあった。

水上の話に首を傾けながら、

「その方は、やさしい人ではなかったのですね」

と、残念そうに、百合は真由美の夫を批評した。

「その通りです」

水上は百合の言葉を肯定して、結婚を例に話を先へと進めた。

「結婚した途端に夫が変わってしまった、という話を聞くことがあります」

夫が甘え始めるからだと言われている。

その甘えとは自分の原理を押し付けること、妻の声を聴かなくなることである。

何故そうなるのかと言えば、結婚相手への不安が消えたことが、その理由にある。

不安が消えるとは、自分の素顔を隠す必要のない状態とも言い換えられる。

逆に不安が消えた人は、立場の変化を機に、それまでには気にも掛けなかったことにも傷付くようになる。

それは、結婚前には持っていた、相手を理解しようとする心、悪く思われないために、相手を受け入れようとする気持ちが消えて、相手の言葉が自己否定にしか聞こえなくなるからである。

実は、その原因も自分にあるのだが、そのことに本人は気が付いていない。

傷付いた人からはやさしさが失われてしまう。

やさしさとは互いを尊重して、相手を認めることであるが、それが難しくなってしまったのである。

真由美の夫は、そうした男性の典型だったのかもしれない。

恐らく夫は、社内の交際相手にも、同じような過ちを繰り返したのではないだろうか。


辛辣な話に百合の顔色が青白く変わっていた。

水上は百合への気遣いを忘れず、話を続けた。

「このことは、全ての者に対する戒めです。

それならば、やさしい心でいられるためには、どうしたらよいのか。

それは自分の心を満たすことです。

だから、自己実現が大切なのです。自己満足ではありません。自己実現への努力こそが、夢への歩みを止めないことが、負の感情を排除する最上の方法なのです。

これには男女の違いはありません」

百合は水上の話に聞き入っていたが、「自己実現ですか」と呟き、「難しいです」と、後頭部を両腕で抱えてしまった。

懸命に、水上の言葉を理解しようとする姿が健気であった。

そしてしばらくすると、両腕を解き、何事かを呟くように、小さく口元を動かすと、その視線を岐阜城の天守へと向けたのである。

水上はそんな百合を、やさしく見守っていた。

その時である。百合の瞳が一瞬ではあるが、きらりと光ったような気がした。

それから、何かに気が付いたのか、

傍にもうひとり、まるで誰かがいるかのように、その誰かに向かって、

「お城には歩いて登れるのですか」

と質問を向け、急に話の趣を変えてしまったのである。

考える角度を変えてみたのかもしれない。

これには水上が戸惑った。
もちろん、答えるのは水上である。
投じられた言葉を後ろ手で摘まみながら、
「岐阜城の天守に？」と聞き返した。
百合は質問を重ねる。
「信長様も登っていたのですか？」
「え、信長様？」
水上はその名前を口にして、不思議そうにまわりを見渡した。
たしかに、岐阜城から連想されるのは織田信長である。
百合の発想は自然なことでもあった。
そこで水上は、百合の質問に応じて、
「登っていましたよ」と、訊ねられた史実を答えた。
「それは毎日のことですか？」
百合は声色を高くした。伝えられている信長の日常である。
信長の政務所は金華山の麓にあり、居住の場所が頂上の天守だったという。
安土城に移るまでの約十年間、朝になると天守から麓に降りては、夕方には山頂へと帰っていたらしい。

そのためか歴史書には、信長の健康状態は極めて良好だったと記されている。これは金華山を毎日昇り降りするという、有酸素運動によるものではないかという指摘もある。


その信長であるが、天下統一に向けて、平坦な道ばかりを歩んだわけではない。

「信長様は運も強かったのでしょうか」

まるで、歴史の世界に引き込まれるかのように、信長の話から離れない百合。

何か導かれるものがあるのだろうか。

言うまでもなく信長の足跡からは、強い運が感じられる。

「本能寺の変」の評価は別として、信長が多くの危機を乗り越えられたのは、その運にあったことに間違いはない。

「人の運はどこから生まれてくるものなのでしょうか」

百合は岐阜城を見上げながら訊ねた。

とうとう話は、運命論へと入ってきた。

なかなかの難問に、熟慮の時間が必要になった。

ところが百合は、水上の言葉を待てなかったのか、

「運は動から、つまり動くことから生じると聞いています」

と、自信に満ちた声を出し、その答えを口にした。

「なんと！」

水上はひと言、言い放った。

その答えの見事さに驚いた。

それならばと、水上も間を置かず、

「だから運動という言葉もあるのです」

と、相槌を返した。

信長は毎日の歩みを止めなかった。

その間断のない動体エネルギーが運を呼んでいた。

だから、信長には運が味方となって、天下統一を成し遂げることができた。

このことに異論を挟む余地はないように思われる。


水上は、信長を想う百合の心に分け入ろうと試みた。

百合は、岐阜城の天守と信長の天下統一に、何を思ったのだろうか。

「自己実現」という言葉への反応が始まりだった。

それは、智子から贈られ、百合の記憶に刻まれた、

「不安の反対は安心ではない。行動することです」の言葉が理由だった。

岐阜城を見た時に、百合の心にその言葉が呼び起こされたのである。

ただ、信長の行動原理は、劣等感に由来していたことも忘れてはいけない。

その劣等感とは、海外の強国に対する恐れも含めた感情と、列強から自国を守るという、正義感に支えられた不安でもあった。

向上心を育むためには、良質な劣等感も必要なのである。

信長でさえそうなのである。

百合はそのことにも気が付いているのだろう。

水上は、人生を前向きに生きる百合との出会いに、深く感謝した。

こうした若者との出会いは、人生に光沢を与えてくれる。

水上はその横顔に微笑むと、もう一度、金華山を見上げてみた。

水上の視線に気が付いたのか、百合もその目線を追った。

はるか昔、信長が仰ぎ見た風景である。

少し霧が掛かったせいか、山全体が異次元の空間にも見えていた。

水上は何度か目を瞬きさせた。タイムスリップした錯覚に陥ったのだ。

それから、ふと我に返り、岐阜城から視線を外し、もう一度百合を見つめて、いま一度、その心の中を覗いてみた。

百合の澄んだ表情が、とても凛々しい。

〈百合と信長は、時空を超えて、どんな会話をしたのだろうか〉

金華山に聳（そび）える岐阜城。

その岐阜城を毎日往復する信長から、

「人の足は前に向いている、だから、人は夢に向かって進むほかないのだ。動くことで運も味方になってくれる」

そんな信長の声を聞いていたのかもしれない。

たしかにそれは、負の感情に打ち勝つ処方箋である。

◆

話は遡り、真由美が内示を受けた日の帰り道である。

あたりは暗くなっていたが、遠く地平線は茜色に染まっていた。

俯いた影が力なく歩いている。
配置転換のことを、耕太に伝えなければならなかった。
もちろん、メールもしていない。
耕太はどんな反応を示すのだろうか。
真由美自身も、気持ちの整理がついていなかった。
心の葛藤を押し隠せないまま、玄関先で立ち止まった。
その時、家の中から声がした。
「おかえり」
出迎えの言葉と共に扉が開き、薄闇から耕太の顔が飛び出してきた。
真由美は少し後ろに仰け反ってから、小さく笑い、
「秋刀魚だよ」と、買い物袋を掲げて見せた。
今日の献立は秋刀魚の塩焼きである。
昔から秋の夕飯の定番であった。
栄養に富んで、食費の節約にもなっていた。
耕太は秋刀魚を頭と骨だけにして、きれいに平らげる名人でもある。
食べ終わると、

「定年退職と高校の卒業が同じだから、その時は、ふたりでご褒美の温泉旅行だね」

と、いつも真由美を元気付けていた。

真由美も、にこりと笑顔を返すのが約束になっていた。

「きっとだよ」

耕太は目尻を下げ、指切りをした。

そんなふたりの夢が、記念の温泉旅行というのには、深い理由があった。

それは、真由美の幼い記憶が強く反映している。

日頃から真由美の思い出話には、温泉に関することが多かった。

それはどうしてなのか。耕太も幾度となく聞いたものである。

日本人の温泉好きは一般的な話だが、真由美からは特別の思いも感じられた。

ただ、いつものことになるのだが、話の途中までは相当な熱も入る一方で、最後は消化不良に終わってしまっていた。

それはもう一度行きたいと願う温泉の名前が、どうしても思い出せないからであった。

手がかりは、真由美が口癖のように語る、「頭から波を被る温泉」である。

「どうしてそこに行きたいの?」

耕太が訊ねる度に、いつも真由美は嬉しそうな顔で答えるのだった。

「お母さんが、とってもきれいに見えたの」

それは、真由美の母親と真由美、ふたりだけの旅であった。

真由美が小学校に入ってすぐのころの話で、詳しい地名や場所の記憶は曖昧なままだが、強烈に心に残っている思い出なのである。

だが、旅とは言っても、実際には母親（真由美の母親）とその義母（真由美の父方の祖母）の、嫁姑の不仲による、揉め事回避の時間でもあった。

当時の一般的な家族構成は、真由美から見た場合、父親と母親（真由美の両親）に、祖父と祖母（真由美の父方の祖父と祖母）、家庭の事情によっては、父親の弟妹までが同居の家もあった。

いつの時代でもそうだが、母親（真由美の父方の祖母）は、息子（真由美の父親）が結婚したからといって、完全にその手を放すわけではない。

恐らく多くの母親には、自分にとって、理想の息子を育てたいという願望を持っている。

ただ、その気持ちが親子の軋轢を生むこともあり、互いの自立を遅れさせ、親子の問題が引き起こされたりもするのだが、そこに息子の結婚が絡むと、結構、ややこしいことにもなったのである。

当然のことだが、母親（真由美の父方の祖母）の矛先は、息子の嫁（真由美の母親）にも向かってしまう。

そこに前時代が残る社会と家庭の空気が、母親（真由美の父方の祖母）を強気にとさせていた。

しかし、真由美の母親も勝気なところがあり、「出て行け」「出て行け」と、捨て台詞を繰り返されると、

「それならば、出て行きます」

の売り言葉に買い言葉を返し、双方が引けなくなり、とうとう真由美を連れ、玄関を飛び出し、実家へと帰ってしまったのである。

世間体もあり、当時はお里帰りと称した行動だったが、気丈で賢明な祖母（真由美の母方の祖母）は、母親と真由美を家の中に入れなかったという。

その代わり、十分なお金を渡して、それからのふたりは訳ありの様子で、知らない土地を旅する人になったのである。

旅は心の中を覗き、考えを深め、感情を整理するために必要なことだという。

自分の心と向き合う時間を作りなさい。祖母は母親にそう伝えたのであろう。

真由美がもう一度行ってみたいのは、その旅で訪れた温泉地なのである。

だが、どうしても、その名前が出てこない。

なんとか手繰り寄せる記憶の中では、二両列車に終着駅まで揺られ、そこからは随分の間バスに乗り、松並木から海岸線に出たことを、断片的に覚えている。

バスの窓から海を眺めると、遠くから寄せる波が徐々に高くなり、近付くほどに青色の波は白く渦巻き、その前を、かもめだろうか、嘴(くちばし)をまっすぐにして横切る姿が、とても寒さを感じさせていた。

幼い真由美は身震いした。

本当に遠い所に来てしまったと、とても恐怖を感じていたという。

やがてバスは、岬の停留所に停まった。

そこからは坂道を登った記憶がある。

斜面から平地に変わると、突然目の前の景色が開け、正面には白く大きな灯台が立っていた。

真っ青な空に、白い灯台がきれいだった。

灯台の向こうには一面に海が広がっており、自分たちがとてもちっぽけな存在に感じられた。

母親は真由美の手を握り、じっと、その海を見つめていた。

波と風の音に交じって、大地の声なのか、地鳴りのような響きも聞こえていた。

母親が何か逡巡（しゅんじゅん）しているのがわかった。

風は強く、母親の髪も乱舞していた。

真由美は母親の顔を見つめ、手を強く握ること以外、何もできなかった。

海の中に吸い込まれそうな気もしていた。

それからも母親は、じっと海を見つめていた。

身体の温もりは消えてしまったが、寒さを超えた、むしろ何も感じない、不思議な感覚にも覆われていた気がする。

後に母親が語ったことだが、母親は遠くに水平線を見つめながら、ある決心を固めていたという。

昔から聞く、嫁ぎ先での苦労話である。

私の我慢で収まることかもしれない。

だが、我慢の相手は義母だけではない。世の中の風潮もそうである。

我慢から時がもたらすのは慣れだけである。

しばらくは凪（なぎ）の状態が続くだろうが、そのうちに、互いの気配りも消えていく。

次に生まれるのは「慣れ」からの不満である。

不満の後は寡黙へと変わり、何かの拍子で衝突が起きてしまう。

結局は答えのないことに悩んでいる。

嘆いても仕方のないことなのだ。

それよりも、一番大切なことに心を砕こう。

それは、真由美のしあわせである。

真由美の笑顔のために生きよう。

真由美の笑顔が私のしあわせなのだ。

そう考えたという。

母親は風の中にこんな声も聞いた。

「笑顔にしたい人がいれば、人生は輝く」

それからの母親を支えた言葉である。

この時代はまだ、家庭内にも封建的な考えが色濃く残っていた。

これは社会の問題でもあった。

その影響に女性たちは随分と苦しんでいた。

彼女たちを支えたものは何だったのか。

やむことなく頬に当たる冷たい風と寄せる波、真由美にもその風と波が渦巻く音は、貴重な記憶となって、いまに続いている。


それからのふたりは、小一時間ほど、海岸線を歩き続けた。

気が付くと、崖の下に漆黒の建物が見えていた。

その日に泊まった温泉旅館である。

真由美の脳裏深くに刻まれたのは、海に面した洞窟風の露天風呂であった。

湯船から少し離れたところで、波と波がぶつかる大きな音がすると、次に痛いほどのしぶきが顔を被い、その後には、頭が押さえつけられるような、重い激しい波に襲われた。

ちょうど、日の入りの時刻だった。太陽がとても大きく見えていた。

オレンジ色の球体が、いまにも燃え上がるかのように、ゆらゆらと揺れながら、水平線へと近付いていく。

時を置かず、その端は海面に接触した。すると、一瞬だけ緑がかり、次には眩しい金色の光が、広角に放たれ始めたのである。

やがて世界は金色に染められていく。

真由美はその時に見た、母親の顔を忘れない。

黄金色の夕日をいっぱいに浴びて、とても美しかった。

真由美はこの場面の話になると、いつも涙ぐむ。

耕太も心が重なり、どうしてもその温泉に行ってみたいと、思っているのだ。


その日の真由美と耕太の夕食風景である。

今日の秋刀魚は、かなりの小ぶりだった。

不漁のせいか、ここ数年、秋刀魚も高級魚になってしまった。

「これでも奮発したのよ」

と、真由美は、食卓に焼き立ての秋刀魚を並べた。

秋刀魚の皮からは、じわじわと魚の油が湧き出ている。

笑顔を取り繕う真由美が、

「美味しそうでしょ」と大袈裟に同意を促すと、耕太は少し不服そうな顔で頷いた。

そこで、真由美はさらりと言った。

「配置転換されたの」

降格にもなり、仕事の内容も変わることになったと、テーブルに両手を置いた。

きょとんとする耕太。突然の振りで、話の中身が見えてこない。

取り敢えず、「そうなの」と、軽く返事はしたのだが、母親には良い話ではないと、箸も止まってしまった。

努めて明るく振る舞う真由美ではあるが、時折、苦しそうな表情を見せ、割り切れなさと不安の中にいるのは、瞭然だった。

それ以上詳しいことを語ろうとしない。

何かほかにも、理不尽なことがあったのだろうか。

少し前にも早期退職の話は出たが、簡単に口にしただけである。

「仕事は続ける、今まで通りで変わらないから」と、平静を保っていた。

しかし、きょうは明らかに様子が違っている。

母親の強張った表情に、会社組織の冷たさと恐ろしさを、教えられているようでもあった。

それでも真由美は、生来の気の強さがそうさせるのか、強い意思に支えられているからなのか、しばらく目を閉じて、深く呼吸をした後、自分に言い聞かせるように何事かを呟くと、今度は大きく目を開き、一点を凝視して、

「負けないからね、旅行は予定通りよ」

と、強い言葉で、心の内を示してくれたのであった。

耕太は、「負けないからね」の言葉に、母親の意地を感じた。

その後は真由美の声も普段の明るい調子へと戻り、

「約束だから」と、左手の小指を示して、表情もすっかり緩ませていた。

耕太にも、そんな真由美の心意気が伝わり、すかさず相好を崩すと、

「そうだよ。海の見える露天風呂」

と、いつもの元気な声で、意識的に明るく振る舞っていた。

真由美も「波を被るほどね」と応じて、大きく両手を広げた。

その時耕太は、真由美が自分の人生の羅針盤に、しっかりと目を向けているのだと強く感じた。

「夢をかなえること、それは私との約束なのだから」

辛くなった時の真由美の口癖である。

もちろん人生には抜け道や近道もあるかもしれない。

だが、それを通れば、それだけ夢は遠ざかり、遠回りを選んだことにもなってしまう。

「夢の羅針盤に従い、途中経過を道標に、一歩一歩、努力を続けなさい。夢とはその道のりも夢なのだ。だから、その過程も大切にしなさい」

と、耕太も言い聞かされている言葉である。

真由美が「負けない」と言い切るのも、自分の人生を着実に走破するという、その気概からなのだと、耕太は思った。

耕太は、そんな真由美に安堵した。

それでも、心の動揺は隠せなかったのか、きょうの箸捌きは、上手とは言えなかった。

秋刀魚の身は、ところどころ、骨についたままになっていた。

「ごめんね」と謝る真由美に、耕太は首を横に振り、ふたりの会話を「約束の温泉」へと戻すのであった。

耕太は、手にした箸を置くと、

「ほかに思い出すことはないの」と、真由美に催促した。

覗き込む耕太。

しかし真由美は、「お魚が美味しかったかな」と、随分と不明瞭な回想を返すだけであった。

そこから先はいつものことながら、肝心な名前が思い出されることはなかった。

そこで耕太は軽く目を瞑り、きょうこそはと、真由美の記憶を刺激してみようと考えた。

そして、ぱっと目を開けると、多少は自信もありげに、

「きっと、そこは日本海だよね」

と、小声で囁いたのである。

その時、真由美の耳の奥に、岩に打ちつけられる波の音が聞こえた。

記憶の扉が微かに開きかけた。

蘇ったのは、母親が強く握った手のぬくもりである。

強い風の中、白い灯台を背に、青い海を臨んで、母親は私を守り抜くと決心した。

あの時の母親は、辛い立場に立たされて、随分と苦しんでいた。

あれからも母親は、必死で私を守ってくれた。

その私も、耕太を懸命に守ってきた。

母親からの思いは受け継いでいると思っている。

耕太との夢もきっとかなえたい。

身体の奥で感じ始めていることがある。

誰かとの夢が私に掛かっている。

それは、なんと素晴らしいことなのだろうか。

もちろん、誰かとは耕太である。

真由美はこうも思った。

いまの私は、しあわせなのかもしれない。

このためにあったと思える幾つかのことが、人生の喜びならば、間違いなくそれは、耕太との時間であった。

そして耕太との夢をかなえようとしている、かなえるために生きている、いまこの時である。

きょうまでの暮らしの中には、楽しい思い出が積み重なっている。

たしかに、苦しいことはあった。

降格・人事異動という現実に人生を試されている。それでも正面からそのことを受け止め、夢を追いかけて、歩んでいこうと思う。

私たちの温泉旅行も、すぐそこにきているのかもしれない。

もしかしたら、次の夢がその後を歩いているのかもしれない。

「だから、負けない、与えられる場所に手抜きはしない。

きっと、その姿勢が人生に輝きを与えてくれる」

そんな風に思うと、真由美には、明日が軽く感じられてくるのだった。

◆

話は長良川河畔に戻る。

百合が水上に訊ねた。

「それで、どこの温泉か、見当が付いたのですか」

水上はこめかみに手を当て、当時の交通事情や地理的なことを考えると、耕太の想像した日本海沿い、そのどこかであることは間違いない。

白い灯台と頭から波を被るほどの露天風呂、それらの条件を絞れば、場所も限定される。

「恐らく目星は付くのではないでしょうか」と、曖昧だが楽観的な見通しを示した。

「きっと大丈夫ですよね」と、百合が微笑む。

笑みを返す水上に、

「お話を伺ったみなさんの生き方、とっても素敵です」

百合はそう言って、その目を潤ませた。

水上も憧れを隠さない百合の顔を見て、その言葉に耳を傾けた。

百合は語る。

「恭子さんの物語には羨ましさを感じます。智子さんの背中は相変わらず眩しいです。

真由美さんも夢の途中で、しあわせ感が伝わってきます」

百合は感激を露わに、顔をくしゃくしゃにして、

「夢を抱いて、自分の人生を自分の足で歩かれている。そう強く感じます」

と、三人を評した。

腕を組み、唇を少し噛んで、なかなかの表現だと感心した水上、百合の言葉に上書きをした。

「心を作れ、顔を作れ、香りを失うな」

水上から百合へのメッセージでもあった。

きらきらとした百合の瞳が、不思議そうに水上を見つめた。

「香りを失うな？」

最後の言葉の意味がわからなかった。

水上に顔を近づける百合。

その距離にはっとして、白秋の季節も過ぎようとする身だからと、少し照れながらも、水上はその意味について語った。

青春の香りとは、そんなことを考えてのことだという。

「青春は美しい。

青春を生きる人には美しさがあります。

そして美しい人は共通点を持っています。

それは『自分がある』ということです。夢を追いかけている人は、自分の値打ちを決めるのは他人ではなく、自分自身なのだと、わかっているのです」

人は誰しも憧れを抱いて社会の扉を開く。

ところが、多くの人はその途中で、大切なことを忘れてしまう。

会社員ならば、課長や部長などを目指すうちに、本来抱いていた夢を忘れ、肩書きや世間体を憧れへと変化させてしまう。

しかし、それらは他人からあてがわれるものなのである。

だから評価を他人に求めてしまう。

その瞬間に「自分」をなくしてしまう。

「他人に評価を求める人は美しくありません」

光沢も色彩もない。

美しい人には香りがある。

「青春の香りがわかりますか?」と、水上が問う。

ちょっと想像も付かないという顔をして、百合は水上からの答えを待つ。

そこで水上は、

「僕は恭子さん、智子さん、そして、真由美さんに、桃の香りを感じるのです。

桃は生きる力の象徴です。

その香りの成分はラクトンと呼ばれ、青春期の人間が放つ、ほのかに甘い香りだと、言われています。

憧れの羅針盤に従い、夢を追いかけ、自己実現に向かう時間を『青春』と呼ぶのなら、まさに三人は、ラクトンの香りに包まれた、青春期なのです」と、青春の香りを説明した。

そして、

「僕だってこれからですよ」

水上はそう言って、軽く拳を掲げた。ところが百合は、恭子、智子、真由美への関心からか、「夢はいつまで追い続けられるのですか」と、三人のこれからに関心を示した。

さすがに百合の反応に落胆して、拳を下げた水上だったが、そこは直ぐに気を取り直すと、微かに首を縦に振ってから、

「夢を追うことは、誰にも終わりはないです」

と、今度は高く拳を掲げて、強く断言したのである。

水上は続ける。

「人は老化を迎え入れなければなりません。

成長の鈍化は認めなければなりません。

だが、成長が止まった瞬間に生まれるものがあります。

それが成熟です。

それからが進化なのです。

年輪を重ねた者だけに与えられる新しい力も加わります。

信長の話を思い出してください。

人の足は前に向いている。

だから、人は夢に向かって前進を続けなければならない。

いつまでもラクトンの香りを失わないで、夢を追い続ける限りは、誰もが青春なのです。

夢とは経験を積みながら、より大きく育むものなのかもしれません。

だから、人生は終わらない夢への旅なのです」と、目を輝かせた。

それが、水上から百合への答えであった。

時は流れ、真由美も定年退職を迎えていた。

耕太も大学への進学が決まった。

湯船に浸かる真由美の頭上を、大きな波が襲ってきた。

その重さが首筋に痛かった。

耳の中には海水も入ってきた。

耕太の悲鳴が聞こえる。

「すごいね、いまの波、攫(さら)われそうだ」

真由美を気遣う耕太。

となりの洞窟から顔を出して、こちらに話しかけているようである。

真由美も声を張り上げ、

「海に落ちないでよ」と、注意を促した。

ひとつの夢がかなっていた。

とうとうやって来たのである。頭から波をかぶる露天風呂、日本海の荒波を望む露天風呂、ここは能登半島の「よしが浦温泉」である。

真由美は、配置転換された後も、仕事への力を抜かなかった。

真摯な取り組みが、新しい環境からも受け入れられていた。

従来ほど期待されない分、気楽なところがあったのも本音ではある。

そして、再雇用の契約も結んだ。

「再雇用の時間に新しい夢を」

水上からはそんな応援歌も届いている。

「夢を果たすことは次の夢への挑戦権」

そんなお祝いの言葉も付け加えられていた。

真由美は、たおやかに身体を浮かせている。

照明の演出か、洞窟内の青い世界には、幻想的な空間が作り出されていた。

もうしばらくで、日の入りの時刻となる。

今日は天候にも恵まれ、夕日の景色も格別な予感がする。

仰ぎ見る天上は紺碧の空である。

時折風が強くなり、海は荒れているが、あの日のように、引き込まれる怖さはない。真由美は過ぎ去りし日々を思った。

母親が握る手のぬくもりだけが頼りだった。

あの日から始まったきょうがある。

母親と私、私と耕太、私たちは生きていると同時に生かされている。

互いに支え合って生きてきた。

こうして母親を想い、耕太との思い出を作り、しあわせの時に身を置くことができている。

それは決して自分だけの頑張りではない。

大海原を見ていると、よくわかることだ。

見えない力に感謝の心も湧いてくる。

「生きるとは、誰かをしあわせにすることである」

耕太をしあわせにしたいと思った時、自分もしあわせになっていた。

この瞬間。これまでの耕太との時間。

私は「桃源郷」にいたのだ。

「ありがとう」

思わず声に出していた。

「なんだって？」

耕太が聞き返してきた。

激しい波の音に遮られ、聞こえなかったようである。

しあわせに満ちた顔で、海を見つめる真由美。

耕太は続けて訊ねた。

「この次はどんな夢をかなえるの？」

その問いにくすっと笑った真由美、

「日本中の露天風呂に入ろうかな」

と、甘えるような声で答えた。

「それはいい。また一緒にね」と、耕太。

「……」

ところが、耕太の問い掛けに、真由美からの返事はなかった。

波の音のせいかと思った耕太は、もう一度聞いてみた。

「ほかには夢があるの？」

「ありますよー」

と、今度は長い返事が返ってきた。

その声に安心した耕太は、肩まで湯に浸かり、真由美の次の言葉を待つことにした。

真由美も一呼吸置いた。それから、波の音に負けない声を出すために、思いっきり息を吸い込むと、両手を拡声器のようにして、海に向かって大きな声で叫んだのである。

「やさしい人との大恋愛！」

「なんだって！」

思わず立ち上がった耕太。

その時にまた、大きな波に襲われた。

驚くほどの大きな波だった。

「ひえー」と耕太の声。

大海原も真由美を応援している。
いつのまにか、太陽は水平線に沈み始めていた。
グリーンフラッシュが眩しく光った。
あの日と同じ、金色の光が放たれている。世界は黄金色へと変わっていく。
輝く瞳で遠くを見つめる真由美。
その顔はあの日の母親のように、とても美しかった。

おわり

# あとがき

『夢をかなえること、それは私との約束』をお読み頂き、まことにありがとうございました。

作品では、三人の女性主人公を中心に物語を展開致しました。

彼女たちは、それぞれの夢をかなえる爽やかな人生を送ります。

彼女たちの生き方と人生に対する気概、夢への挑戦を鮮明にするため、共通の社会背景として設定したのが、「早期退職」とその勧奨です。

それは働く者、そのまわりの者にとって、人生の分水嶺・分岐点です。

恭子は、大好きな夫（藤原）と、お互いに自分らしく生きることを応援し、自分らしく生きることで、自らの夢を実現しました。

智子と真由美は、社内にある「男の嫉妬心」に心を傷つけられました。

それでも彼女たちは、

「競争とは自分の夢に向かって走ること」

と、人生の目的を見失わずに、古い価値観を纏う社会の負の心に怯むことなく、自らの思いを実現していきました。

彼女たち三人には、いつも桃の香りが漂っていました。

桃は生きる力の象徴です。

その香りの成分はラクトンと呼ばれ、青春期の人間が放つ、ほのかに甘い香りだと言われています。

先輩として、彼女たちを応援する水上は、

「憧れの羅針盤に従い、夢を追いかけ、自己実現に向かう時間を『青春』と呼ぶのなら、まさに三人は、ラクトンの香りに包まれた、青春期なのです」

と、評しています。

ただ、現在の社会でも、彼女たちの後輩である、百合や友江にとっては、世の中が熟していない状態であることも、たしかです。

作中に取り上げた「男の嫉妬心」は、その段階、旧来社会の象徴でもあります。

主人公たちが直面した、年齢と制度の課題もそうです。

失われた三十年と言われて、何年が経ったのでしょうか。

その原因は、前時代の思考から抜けきれない、人間の感情だとも指摘できます。

もっとも、その感情が時代の活力を生んでいたこともたしかです。

藤原のように、清々しい人間を見られたのも、このころです。

それでも、日本が再生するためには、古い感性を乗り越えた新しい社会が必要なのではないでしょうか。

女性が活躍できる社会を作るとは、そういうことだと思います。

目指すべきは、性別や年齢、過去の経歴などに囚われることなく、努力と結果が、公平、公正と透明性を以て評価される社会、自分の好きなことや能力を、世の中に役立たせることのできる社会の実現です。

かなえたい自分を目指せる社会とは、どんなにすばらしいでしょう。

今回の作品が、そうした時代への一燈になればと、願っています。

そして、これからも水上のような後期社会人も含めて、恭子、智子、そして真由美、次世代の百合、友江など、様々な世代の主人公が、時代の変化に向き合いながら、自分らしさを体現していく作品を手掛けていきたいと思っております。

最後になりますが、百合が聞いた、織田信長の「言葉」を再掲させて頂きます。

「人の足は前に向いている、だから、人は夢に向かって進むほかないのだ」

今回の出版には、株式会社文芸社編集部、吉澤茂様に大変お世話になりました。会社勤めを理由に、何度もお約束の日を延期して、申し訳なく思っています。多くのお気遣いも頂きました。同年代の方です。引き続きのご指導を賜り、今後も、御一緒に活動頂ければと、お願いさせて頂く次第です。

柴田浩幸

追記

令和六年、能登半島地震により被害に遭われた皆様へ、心からのお見舞いを申しあげます。

ご家族や大切な方々を亡くされた皆様に謹んでお悔やみ申し上げます。

作中で舞台とさせて頂いた景勝地も、二度と見ることができなくなってしまいました。

とても悲しく思っております。

**著者プロフィール**

**柴田 浩幸**（しばた ひろゆき）

1960年生まれ。岐阜県出身。会社員。

著書『十人十色　青柿』（2022年、文芸社）



**夢をかなえること、それは私との約束** ラクトンの香り

2024年４月15日　初版第１刷発行

著　者　柴田 浩幸

発行者　瓜谷 綱延

発行所　株式会社文芸社

〒160-0022　東京都新宿区新宿1－10－1

電話　03-5369-3060（代表）

03-5369-2299（販売）

印刷所　図書印刷株式会社





ISBN978-4-286-24115-9